EL ANATOMISTA

FEDERICO ANDAHAZI

El anatomista

PLANETA

863
AND

Diseño de cubierta: Mario Blanco
Diseño de interior: Alejandro Ulloa

Decimosexta edición: setiembre de 1998
© 1997, Federico Andahazi

Derechos exclusivos de edición en castellano
reservados para todo el mundo:
© 1997, Editorial Planeta Argentina S.A.I.C.
Independencia 1668, 1100, Buenos Aires
Grupo Editorial Planeta

ISBN 950-742-787-2

Hecho el depósito que prevé la ley 11.723
Impreso en la Argentina

PROLOGO

PROLOGO

LA PRIMAVERA
DE LA MIRADA

"¡Oh, mi América, mi dulce tierra hallada!", escribe Mateo Realdo Colombo (o Mateo Renaldo Colón, según consigna la rúbrica hispanizada) en su *De re anatomica*[1]. No es esta una prorrupción presuntuosa a guisa de *¡Eureka!*, sino un lamento, una amarga parodia de sus propios avatares y de su infortunio, proyectada sobre la figura de su tocayo genovés, Cristóphoro. Un mismo apellido y, acaso, un mismo destino. No los une parentesco y la muerte de uno sucede apenas a doce años del nacimiento del otro. La "América" de Mateo es menos remota e infinitamente más breve que la de Cristóbal; de hecho, no excede en mucho las dimensiones de la cabeza de un clavo. Sin embargo, debió permanecer silenciada hasta la muerte de su descubridor y, pese a la insignificancia de su tamaño, no provocó menos revuelos.

Es el Renacimiento. El verbo es Descubrir. Es el ocaso de la pura especulación a priori y de los abusos del silogismo, en favor de la empiria de la mirada. Es, exactamente, la primavera de la mirada. Quizá Francis Bacon en In-

---

1 *De re anatomica*, Venecia 1559, lib. XI, cap. XVI.

glaterra y Campanella en el Reino de Nápoles repararon en el hecho de que mientras los escolásticos derivaban en los repetidos laberintos del silogismo, el bruto de Rodrigo de Triana, a la misma hora, gritaba *"¡Tierra!"* y, sin saberlo, precipitaba la nueva filosofía de la mirada. La escolástica —la Iglesia finalmente lo comprendió— no era demasiado rentable o, al menos, representaba menos utilidades que la venta de indulgencias desde que Dios decidió pedir dinero a los pecadores. La nueva ciencia es buena siempre que sirva para acercar oro. Es buena siempre que no exceda la verdad de las Escrituras y es mejor aún si se trata de la escritura de bienes. Conforme el sol empezaba a detener su marcha alrededor de la Tierra —cosa que no ocurrió desde luego de un día para otro—, del mismo modo la geometría se rebelaba a la llanura del papel para colonizar el espacio tridimensional de la topología. Es este el mayor logro de la pintura renacentista: si la naturaleza está escrita en caracteres matemáticos —así lo anuncia Galileo—, la pintura habrá de ser la fuente de la nueva noción de la naturaleza. Los frescos del Vaticano son una epopeya matemática, tal como lo testimonia el abismo conceptual que separa la *Natividad* de Lorenzo de Mónaco de *El triunfo de la cruz*, que cubren el ábside de la *Capella della Pietá*. Por otra parte, pero por causas semejantes, no hay cartografía que quede en pie. Cambian los mapas del cielo, los de la Tierra, los de los cuerpos. Allí están los mapas anatómicos que son las nuevas cartas de navegación de la cirugía... Y entonces volvemos a nuestro Mateo Colón.

Alentado quizá por la homonimia con el almirante genovés, Mateo Colón decidió que también su destino era descubrir. Y se hizo a sus mares. Ciertamente, no eran las suyas las mismas aguas que las de su tocayo. Fue el más grande explorador anatómico de su tiempo y entre sus descubrimientos más modestos se cuenta, nada menos, el de la circulación de la sangre, anticipándose a la demostración del inglés Harvey (*De motus cordes et sanguinis*), aunque incluso este descubrimiento es menor respecto de su "América".

Lo cierto es que Mateo Colón no pudo ver nunca su hallazgo publicado, hecho este que ocurrió el mismo año de su muerte en 1559. Con los Doctores de la Iglesia había que ser cuidadoso; sobran los ejemplos: tres años antes, Lucio Vanini se "hizo" quemar por la Inquisición a despecho, o quizás a causa, de su declaración acerca de que no diría su opinión sobre la inmortalidad del alma hasta que fuera "viejo, rico y alemán"[1]. Y ciertamente el descubrimiento de Mateo Colón era más peligroso que la opinión de Lucio Vanini. Sin contar con la aversión que nuestro anatomista sentía por el fuego y por el olor de la carne quemada, más aún si se trataba de la suya.

1 A. Weber. *Historia de filosofía europea.*

EL SIGLO
DE LAS MUJERES

El XVI fue el siglo de las mujeres. La semilla que cien años antes sembrara Christine de Pisan florecía en toda Europa con el dulce perfume de *El dictado de los verdaderos amantes*. No es en absoluto casual que el descubrimiento de Mateo Colón haya tenido lugar en el tiempo y en el sitio en que aconteció. Hasta el siglo XVI, la Historia estaba narrada por la grave voz masculina. *"Allí donde se mire, allí está ella con su infinita presencia: del siglo XVI al XVIII, en la escena doméstica, económica, intelectual, pública, conflictual e incluso lúdica de la sociedad, encontramos a la mujer. Por lo común, requerida por sus tareas cotidianas. Pero presente también en los acontecimientos que constituyen, transforman o desgarran la sociedad. De arriba abajo de la escala social, ocupa el conjunto de los espacios y de su presencia hablan constantemente quienes la miran, a menudo para asustarse"*, declaran Natalie Zemón y Arlette Farge en *Historia de las mujeres*[1].

El descubrimiento de Mateo Colón irrumpe, precisamente, cuando los ámbitos de las

---

1 *Historia de las mujeres*, Editorial Taurus.

mujeres —siempre de puertas adentro— comienzan, de a poco y sutilmente, a salir extramuros desde los beatarios y los monasterios, desde los prostíbulos o desde la cálida pero no menos monástica dulzura del hogar. La mujer, tímidamente, se atreve a discutir con el hombre. Con cierta exageración, se ha llegado a decir que en el siglo XVI se libra la "batalla de los sexos". Cierto o no, el asunto de las incumbencias de las mujeres se instala como tema de discusión entre los hombres.

Bajo estas circunstancias, ¿qué era la "América" de Mateo Colón? Ciertamente el límite entre descubrimiento e invención es mucho más difuso de lo que pudiera parecer a simple vista. Mateo Colón —es hora de decirlo— descubrió aquello con lo que, alguna vez, todo hombre soñó: la mágica llave que abre el corazón de las mujeres, el secreto que gobierna la misteriosa voluntad del amor femenino. Aquello que, desde el comienzo de la Historia, buscaron brujos y hechiceras, *chamanes* y alquimistas —mediante la infusión de toda clase de hierbas o el favor de dioses o demonios— y, en fin, aquello que siempre anheló todo hombre enamorado, herido por el desamor del objeto de sus desvelos y su desdicha. Y, por cierto, aquello con lo que soñaron monarcas y gobernantes, por la sola ambición de omnipotencia: el instrumento que sojuzgara la volátil voluntad femenina. Mateo Colón buscó, peregrinó y, finalmente, halló su *"dulce tierra"* anhelada: *"el órgano que gobierna el amor en las mujeres"*. El *Amor Veneris* —tal el nombre con que el anatomista lo bautizara, *"si me es permisible poner nombre a las cosas por mí descubiertas"*— constituía un verdadero instrumento de potestad sobre el escurridizo —y siempre oscuro— albedrío femenino. Por cierto, semejante hallazgo presentaba más de una arista: *"¿A qué calamidades no se vería confrontada la cristiandad si del femenino objeto del pecado se apoderaran las huestes del demonio?"*, se preguntaban, escandalizados, los Doctores de la Iglesia. *"¿Qué sería del rentable negocio de la prostitución, si cualquier pobre contrahecho pudiera hacerse del amor de la más cara de las cortesanas?"*, se preguntaban los ricos propietarios de los espléndidos burdeles de Venecia. O, lo que sería peor aún, ¿qué sucedería si las hijas de Eva descubrieran que llevan en el medio de las piernas las llaves del cielo y del infierno?

El descubrimiento de la "América" de Mateo Colón fue también —y en su medida— una épica quebrantada por la letanía de un réquiem. Mateo Colón fue tan feroz y despiadado como Cristóbal; como aquél —y dicho con la misma literal propiedad—, fue un *colonizador* brutal que reclamaba para sí el derecho sobre las tierras descubiertas: el cuerpo de la mujer.

Pero, por otra parte, además de lo que *significaba* el *Amor Veneris*, otra polémica habría de suscitar lo que *era* este órgano. ¿Existe el órgano que describió Mateo Colón? Es esta

13

una pregunta inútil que, en cualquier caso, habría que reemplazar por otra: *¿Existió el Amor Veneris?* Las *cosas* son, finalmente, las *voces* que las nombran. *Amor Veneris, vel Dulcedo Appeletur* —tal el nombre con que su descubridor bautizó a su órgano—, tenía un contenido fuertemente herético. Si el *Amor Veneris* coincide con el menos apóstata y más neutro *kleitoris* (cosquilleo, según una de sus acepciones) —que alude a efectos antes que a causas— es un asunto que habrá de preocupar a los historiadores del cuerpo. El *Amor Veneris* existió por razones diferentes de las de la anatomía; existió por cuanto no sólo *fundó* una nueva mujer, sino que además promovió una tragedia. Lo que sigue es la historia de un descubrimiento.

Lo que sigue es la crónica de una tragedia.

PRIMERA PARTE

LA TRINIDAD

I

Al otro lado del Monte Veldo, en el callejón de Bocciari, cerca de la Santa Trinidad, estaba *il bordello del Fauno Rosso*, la casa de putas más cara de Venecia, cuyo esplendor no tenía competencia en todo el Occidente. La atracción del burdel era Mona Sofía, la puta mejor cotizada de Venecia y, por cierto, la más espléndida de Occidente. Superior, aun, a la legendaria Lenna Grifa. Igual que ella, recorría las calles de Venecia tendida sobre un palanquín llevado por dos esclavos moros. Igual que Lenna Grifa, Mona Sofía llevaba a los pies del palanquín una perra de Dalmacia y un papagayo al hombro. Según podía constatarse en el *catalogo di tutte le puttane del bordello con il lor prezzo*[1], su nombre aparecía impreso en letras destacadas y, en números más notables todavía, el precio: diez ducados, esto es, seis ducados más cara que la misma legendaria Lenna Grifa[2]. En el catálogo, de muy prolija factura, que se editaba para viajeros selectos, nada decía, desde luego, de sus

1 Catálogo que menciona D. Merejkovski en su *Leonardo de Vinci*. Edit. Juventud, Barcelona, 1940.

2 Nótese que una fortuna suficiente para vivir toda una vida de lujos era de unos mil ducados.

ojos verdes como esmeraldas, ni de sus pezones duros como almendras cuyo diámetro y tersura se dirían los del pétalo de una flor —si la hubiese— que tuviera el diámetro y la tersura de los pezones de Mona Sofía. Nada decía de sus muslos firmes de animal, torneados como la madera, ni de su voz de leño ardiendo. Nada decía de sus manos que, de tan pequeñas, parecían no abarcar el diámetro de una verga, ni de su boca mínima en cuya cavidad se hubiera dicho imposible acoger el volumen de un glande inflamado. Nada decía de su talento de puta, capaz de erguírsela a un anciano desahuciado.

Una madrugada de invierno del año 1558, poco antes de que el sol asomara desde el centro de las dos columnas de granito —traído desde Siria y Constantinopla—, y se pusiera entre el león alado y San Teodorico, cuando los autómatas moros de la Torre del Reloj se disponían a golpear la primera de las seis campanadas, Mona Sofía acababa de despedir a su último cliente, un rico comerciante de sedas. Al descender las escalinatas que conducían hasta el pequeño atrio del burdel, el hombre se acomodó la estola de lana que llevaba sobre el *lucco*, se calzó la *beretta* hasta las cejas y, oteando en el vano de la puerta, se aseguró de que ningún viandante lo viera salir. Desde el burdel se encaminó derecho hacia la Santa Trinidad, cuyas campanas llamaban al primer oficio.

Mona Sofía tenía la espalda fatigada. Para

su fastidio, cuando descorrió las cortinas de seda púrpura de la ventana de su alcoba, pudo comprobar que ya había amanecido. Odiaba tener que dormirse con el alboroto que llegaba desde la calle. Se dijo que era aquella una buena oportunidad para aprovechar el día. Reclinada sobre la cabecera de su cama, empezó a hacer planes. Primero se vestiría como una señora e iría al oficio de la catedral de San Marco —en rigor, hacía mucho tiempo que no iba a misa—, luego se confesaría y, libre de cualquier remordimiento, se llegaría finalmente hasta la *Bottega del Moro* para comprar unos perfumes que se tenía largamente prometidos. Siguió planificando, a la vez que se tapaba un poco más con las cobijas —el reposo después de aquella noche fatigosa empezaba a destemplarla— y cerró los ojos para poder pensar con más claridad.

No habían terminado de sonar las campanas, cuando Mona Sofía, como todas las mañanas, se quedó profunda y plácidamente dormida.

II

Por aquella misma hora, pero en Florencia, caía una fina garúa sobre el campanario de la modesta abadía de San Gabriel. Las campanas sonaban con una decisión tal, que se hubiera dicho que quien tiraba de las cuerdas era el obeso abad y no las delicadas manos de una mujer. Y sin embargo el abad aún dormía. Con la puntual devoción que todas las mañanas la sacaba de la cama antes del alba —hiciera frío o calor, lloviera o helara—, Inés de Torremolinos se colgaba de las cuerdas con su leve humanidad y, como si estuviera animada por el Todopoderoso, conseguía mover las campanas, cuyo peso superaba en no menos de mil veces al de su femenino e inmaculado cuerpo.

Inés de Torremolinos vivía con una austeridad franciscana pese a que era una de la mujeres más ricas de Florencia. Hija mayor de un noble matrimonio español, era muy joven cuando contrajo casamiento con un insigne señor florentino. De modo que, según ordenaban las normas maritales, marchó de su Castilla natal para ir a vivir al palacio de su cónyuge en Florencia. Quiso la fatalidad que Inés enviudara sin haber podido dar a su marido un eslabón en su noble genealogía: parió tres hijas mujeres y ningún hijo varón.

Siendo una viuda muy joven, todo lo que Inés tenía era: un pesar por no haber engendrado un varón, unos cuantos olivares, vides, castillos, dinero y un alma devota y caritativa. De modo que, para olvidar su pena y remediar su culpa en memoria de su marido, decidió convertir en dinero todos los bienes que había heredado de su finado —en Florencia— y de su difunto padre —en Castilla— y construir un monasterio. De esa manera quedaría para siempre unida a su esposo inmortal mediante una existencia de pureza y celibato, y dedicaría su vida a servir a los hijos varones que su vientre no había sabido engendrar: a la comunidad monástica y a los pobres. Así lo hizo.

Se diría que Inés era una mujer dichosa. Tenía una mirada franciscana que irradiaba paz y sosiego. Sus palabras siempre eran un bálsamo para los atormentados. Daba consuelo a los desconsolados y guiaba el camino de los descarriados. Se diría que marchaba sin escollos hacia la santidad.

Aquella madrugada de 1558, a la misma hora en que, en Venecia, Mona Sofía terminaba su agotadora y rentable jornada, Inés de Torremolinos empezaba su día de dichoso y desinteresado trabajo. La una ignoraba la remota existencia de la otra. Y nada haría suponer a nadie que una y otra pudieran tener algo en común. Sin embargo, el azar traza a veces caminos imposibles. Sin siquiera sospecharlo, sin siquiera conocerse, una y otra eran parte de una misma trinidad, cuyo vértice estaba en Padua.

EL CUERVO

I

En el sitio más encumbrado del macizo promontorio que separa Verona de Trento, sobre el último peñón que se destaca del collar de morros que corona la cima del Monte Veldo, tan quieto como la roca donde se posaba, el perfil de un cuervo se recortaba contra el confín crepuscular, cuyo epicentro dorado no parecía provenir del sol —aún virtual—, sino de la misma dorada Venecia. Como si el fundamento de aquella bóveda de luz fuera el de las remotas cúpulas bizantinas de la Catedral de San Marco. Era el crepúsculo que antecede al día. El cuervo estaba esperando. Tenía paciencia. Y tenía, como siempre, un hambre voraz pero no perentoria. Su dominio era toda Venecia: la Venecia Eugánea —Treviso, Rovigo, Verona y, más allá, Vicenza— y también la Venecia Julia. Pero su paradero estaba en Padua.

Abajo todo se hallaba dispuesto para la fiesta de San Teodorico, la *festa dei tori*. Después del mediodía, la multitud, entre trago y trago, habría de manear cinco o seis bueyes que, uno a uno y tomados de las astas por otras tantas mujeres, serían degollados de un

23

único y exacto golpe de sable. Se diría que el cuervo sabía que así habría de ser. Olía por anticipado el olor que más le gustaba. Pero sabía, también, que, con fortuna, apenas si podría rapiñar una miserable tripa o un ojo, que tendría que disputar con los perros. No valía la pena ni el viaje, ni el riesgo, ni el esfuerzo.

Aún no se había movido. Tenía la paciencia de los cuervos. Hubiera podido esperar a que los autómatas de la torre del reloj golpearan la última campanada cuando, como todas las mañanas, desde el Canal Grande apareciera la barcaza pública que pasaba a recoger los cadáveres del hospital hasta la Isla del Cementerio. Pero tampoco valdría la pena; con suerte podría arrebatar un jirón de carne mala, demasiado magra y ya diezmada por la peste.

Giró sobre sus patas y miró hacia el lado opuesto —el Este—, donde estaba su morada. Allí estaba su amo. Entonces remontó vuelo a Padua.

II

Voló sobre las diez cúpulas de la basílica y después sobre la Universidad. Se posó sobre el capitel de la cuarta puerta que daba hacia el patio interior. Esperaba. Sabía que su amo habría de salir de un momento a otro. Así sucedía todos los días. Tenía paciencia. Extendió un ala y metió su pico entre las plumas. Se diría que no prestaba atención a otra cosa que a los íntimos agasajos que se prodigaba: acomodarse las plumas del pecho, desembarazarse de un piojo.

En el mismo momento en que sonó la campana que llamaba a misa, el cuervo se tensó como una cuerda, desplegó las alas morosamente, emitió un graznido sordo y se preparó a dar el salto sobre el hombro de su amo, que, como todas las mañanas, habría de asomar desde la recova y, antes de encaminarse a la parroquia, se llegaría hasta la morgue para darle a su cuervo lo que tanto le gustaba: una tripa todavía tibia.

Sin embargo, aquella mañana de invierno las cosas no iban a ser iguales. Había terminado de sonar la primera campanada y su amo todavía no se había asomado. El cuervo sabía que su señor estaba dentro del claustro, podía olerlo, hasta podía escuchar su respiración. Y sin embargo no salía. El cuervo graznó de fastidio. Tenía hambre.

El cuervo y su amo sabían quién era quién. Y por ese mismo motivo se prodigaban un mutuo y velado recelo. Leonardino —ése es el nombre que el amo le había puesto— nunca se posaba francamente sobre el hombro de su señor; mantenía una distancia mínima entre sus patas y la estola, elevándose con un aleteo corto y regular. Tampoco el amo se fiaba de su compañero. Uno y otro —ambos lo sabían— compartían el mismo espíritu inquisitivo por indagar qué se oculta detrás de la carne.

Sonó la segunda campanada y su amo seguía sin aparecer. Algo raro sucedía, el cuervo podía adivinarlo.

Todos los días, Leonardino, posado sobre la balaustrada de la escalera de la morgue, seguía atentamente los movimientos de su amo, sus manos que, sabiamente, guiaban el escalpelo; entonces, cuando veía la sangre que surgía tras del delgado surco que a su paso dejaba la hoja, Leonardino se balanceaba hacia izquierda y derecha y emitía un graznido de satisfacción.

Por mucho que lo había intentado, el amo no había conseguido que Leonardino comiera de su mano; y en verdad no le faltaban motivos para temer; el cuervo sabía de quién era la tripa que su amo le había ofrecido el día anterior, reconocía el olor de aquel gato que, hasta ayer, se sentaba confiado sobre la falda del hombre y que, con la misma mano con que lo acariciaba y le daba de comer, lo había vaciado para disecarlo.

—Leonardino... —canturreaba el amo a la vez que se acercaba lentamente hacia el cuervo blandiendo una tripa con el brazo tendido.

—Leonardino... —repetía y, conforme avanzaba un paso, el cuervo retrocedía otro.

Leonardino no miraba la tripa; la olía, sí, pero no la miraba. Tenía sus ojos siempre clavados en los de su amo que, al parecer, le resultaban más apetitosos que aquel trozo de intestino. Entonces el hombre le arrojaba la tripa y el cuervo la tomaba en su pico con una voracidad largamente contenida.

Sin embargo, aquella mañana nadie asomó desde la recova. Sonaba la tercera campanada cuando el cuervo supo que su amo no habría de asistir a la cita cotidiana. Disgustado y hambriento, Leonardino voló con rumbo a Venecia.

EL VERTICE

I

El nombre del amo era Mateo Renaldo Colón y, ciertamente, aquella mañana de invierno del año 1558 tenía fundados motivos para no concurrir a la cita habitual que todos los días, antes de la misa, lo reunía con su Leonardino. Encerrado entre las cuatro paredes de su claustro de la Universidad de Padua, Mateo Colón escribía.

"Si me asiste el derecho de poner nombre a las cosas por mí descubiertas, lo llamaré Amor o Placer de Venus", apuntó Mateo Colón y así concluyó el alegato que había estado redactando durante toda la noche. En el mismo momento en que cerró el grueso cuaderno de tapas de piel de cordero sobre el que escribía, escuchó las campanas que llamaban a misa. Se frotó los párpados; tenía los ojos rojos y la espalda fatigada. Miró hacia la pequeña luna que se alzaba por encima de su pupitre y comprobó que la vela que estaba junto al cuaderno ardía ahora inútilmente. Más allá, sobre las cúpulas de la catedral, el sol empezaba a entibiar el aire y a evaporar de a poco el rocío que reverdecía el pasto del jardín sobre el que se cernía la Universidad. Desde el otro

lado del patio llegaba el perfume del incienso recién encendido de la capilla que por momentos se trocaba, según lo dispusiera el viento, por los aromas hospitalarios de la humeante chimenea de la cocina. Y conforme el sol ascendía por sobre las tejas de la recova, en la misma proporción iba creciendo el tibio alboroto que llegaba desde la *piazza dei frutti*. Los gritos de los tenderos y el pregón de los vendedores ambulantes, los balidos de las ovejas que se ofrecían a dos ducados, según vociferaban las campesinas que bajaban a la ciudad, contrastaban con el monástico silencio que imponía el tañido de la campana que llamaba a misa.

Todavía somnolientos, estregándose las manos para morigerar el frío y echando un vapor blanco por la boca, los alumnos salían de los pabellones hacia la recova que circundaba el patio central, convergiendo todos en una fila que se iniciaba en la entrada del pequeño atrio de la capilla.

De pie junto al párroco, Alessandro de Legnano, el decano de la Universidad, velaba el orden con unción e imponía silencio con miradas severamente impartidas aquí y allá o, llegado el caso, con un carraspeo puntualmente dirigido a los contraventores.

Antes de que sonara la última campanada, Mateo Colón se incorporó y caminó hasta la puerta. Sólo cuando giró el picaporte y comprobó que la puerta de su claustro estaba cerrada por fuera, recordó que aquellas campa-

España cuando, en su *Christianismi Restitutio*, declaró que la sangre era el alma de la carne —*anima ipsa est sanguis*—; su intento de explicar en términos anatómicos la doctrina de la Santísima Trinidad lo llevó a las hogueras de Ginebra, donde lo quemaron con leños verdes "para prolongar la agonía"[1]. Pero los laureles del descubrimiento de Mateo Colón habría de llevárselos el inglés Harvey cien años después y, según señaló Hobbes en *De Corpore*, "ha sido el único anatomista que ha visto aceptar en vida su doctrina".

Mateo Colón era, eminentemente, un hombre del Renacimiento; hijo de la plástica, de la gala y el ornamento. Hijo pródigo de aquel mundo en la que todo, desde las cúpulas de las catedrales hasta el vaso donde bebía el labrador, desde los frescos que adornaban los palacios hasta la hoz con la que el campesino hacía la siega, desde los capiteles bizantinos de las iglesias hasta el cayado del pastor, todo, era de una factura prodigiosa. De aquella misma factura estaba hecho el espíritu de Mateo Colón; de la misma galanura ornamental, de la amable *gentilezza*. Todo estaba animado con el hálito de Leonardo; el artesano era artista, el artista, científico, el científico, guerrero y el guerrero, de nuevo, artesano. Saber era, además, saber hacer con las manos. Por si faltaran ejemplos, con sus propias manos, el mismo papa Eugenio I le había cortado la cabeza a un prefecto un poco díscolo.

1 Knut Haeger. *The Illustrated History of Surgery.*

nas no doblaban para él. La fatiga de la noche en vela, pero más la fuerza de la costumbre —que cada mañana lo conducía hasta la capilla después de una breve visita a la morgue—, le habían hecho olvidar que ahora —por disposición de los Superiores Tribunales— estaba preso en su propio claustro. Sintió remordimiento por su Leonardino. Acaso debería sentirse agradecido por su suerte; sin duda hubiera sido peor ocupar una celda fría y mugrienta en la cárcel de San Antonio. Acaso debería agradecer al Tribunal y al decano el hecho de no estar engrillado de pies y manos y poder ver el tibio sol de invierno a través de la pequeña luna de su claustro. Ciertamente, los cargos que se le imputaban merecían el mayor de los rigores: herejía, perjurio, blasfemia, brujería y satanismo. Por mucho menos que semejantes acusaciones se encarcelaba a los penados. Ahora mismo, desde su claustro, podía oír cómo los viandantes insultaban —entre escupitajos— a los reos exhibidos en los cepos de la plaza. Y no eran más que ladrones de baratijas.

Los últimos alumnos que pasaban junto a la ventana del claustro de Mateo Colón se ponían en puntas de pie y miraban hacia el interior; entonces el anatomista podía escuchar los murmullos y las risitas maliciosas de aquellos que, hasta ayer, habían sido sus propios alumnos e, inclusive, de los que podían haber llegado a ser sus fieles discípulos. Podía verlos.

Aunque quizá debería estar agradecido de su suerte, Mateo Colón maldijo el día en que abandonó su Cremona natal. Maldijo el día en que su actual verdugo, el decano, decidió ponerlo al frente de la cátedra de anatomía y cirugía. Y maldijo el día en que, cuarenta y dos años antes, había nacido.

II

"Il Chirologi" a decir de sus paisanos, "Il Cremonese", en su exilio en Padua, Mateo Renaldo Colón había estudiado Farmacia y Cirugía en la Universidad en la que ahora estaba preso. Fue el más brillante discípulo de Leoniens primero y de Vesalio después. El mismo maestro Vesalio sugirió al decano, Alessandro de Legnano, que fuera su discípulo cremonés quien lo sucediera al frente de la cátedra, cuando, en 1542 marchó a hacer escuela en Alemania y España. Siendo todavía muy joven, Mateo Colón se ganó, por derecho, el título de *Maestro dei maestri*. Para orgullo de Alessandro de Legnano, su catedrático cremonés descubrió las leyes de la circulación pulmonar antes aún que su colega, el inglés Harvey, quien, injustamente, se ha quedado con los laureles. Muchos lo consideraron un lunático cuando afirmó que la sangre se oxigenaba en los pulmones y que no existían orificios en el tabique que divide las dos mitades de corazón, atreviéndose a refutar al mismísimo Galeno. Y por cierto era aquella una afirmación peligrosa: un año antes, Miguel de Servet había sido obligado a huir

Con la misma mano con la que deslizaba la pluma sobre el cuaderno de tapas de piel de cordero, Mateo Colón sabía empuñar el pincel y preparar los óleos con los que pintó los más espléndidos mapas anatómicos; capaz, si quería, de pintar como Signorelli o como el mismo Miguel Angel. En su autorretrato se presentó a sí mismo como un hombre de rasgos finos pero enérgicos; los ojos renegridos y la barba oscura y espesa revelaban, acaso, un ascendiente moro. La frente, alta y prominente, quedaba enmarcada entre dos bucles que descendían hasta los hombros. Según su propio testimonio, tenía unas manos delicadas y pálidas, cuyos dedos —largos y delgados— le conferían una elegancia que se diría casi femenina. Entre el índice y el pulgar sostenía un escalpelo. El autorretrato no fue solamente un fiel testimonio de su fisonomía, sino también de su obsesión; si bien se mira —pues es francamente difícil de advertir—, debajo del bisturí, en la base inferior del cuadro puede distinguirse, entre una bruma difusa, el cuerpo desnudo e inerte de una mujer. La pintura recuerda a otra contemporánea: el *San Bernardo* de Sebastiano del Piombo; la desproporción que existe entre la beatitud de la expresión del santo y su actitud, clavando su cayado sobre el cuerpo de un demonio, es la misma que se advierte en el gesto del anatomista mientras hunde su escalpelo en la femenina carne. Es la suya una expresión de triunfo.

En una época hecha de nombres, de singularidades, Mateo Colón llevaba su nombre como quien carga con un lastre; ¿cómo evitar el forzado cono de sombra al que lo sometía la memoria de su ilustre tocayo genovés? Mateo Colón estaba condenado a la parodia, a la burla fácil de sus detractores.

Su obra, ciertamente, no fue menos extraordinaria que la de su homónimo. También él descubrió su "América" y, como él, supo de la gloria y de la desdicha. Y supo de la crueldad. Mateo Colón, a la hora de fundar su *colonia*, no tuvo más escrúpulos ni piedad que Cristóbal. El madero del asta fundacional no iba a estar clavado en las tibias arenas del trópico, sino en el centro de las tierras descubiertas que reclamó para sí: el cuerpo de la mujer.

III

Encarcelado en su propio claustro, Mateo Colón acababa de redactar el alegato que habría de presentar al tribunal. Todavía reverberaba el eco de la última campanada que llamaba a misa cuando, frente a su ventana, vio una figura a contraluz.

—¿Puedo ayudaros en algo? —murmuró la silueta.

Mateo Colón, que por imposición del tribunal había tenido que hacer votos de silencio, calló cautamente a la vez que se acercó un poco más a la ventana. Sólo entonces pudo distinguir que aquella figura parada contra el sol era la de su amigo, el *messere* Vittorio.

—¿Acaso estáis loco, queréis acabar preso como yo? —murmuró y con un gesto nada hospitalario lo invitó a que se fuera inmediatamente.

El *messere* Vittorio pasó una mano por entre las rejas de la ventana y le estiró a su amigo una bota con leche de cabra y una talega con pan. Con gesto de fastidio, como contra su voluntad, Mateo Colón las tomó. En verdad tenía hambre. Cuando el furtivo visitante giró sobre sus talones y se disponía a encaminarse hacia la capilla, escuchó un nuevo susurro:

—¿Podéis enviarme una carta a Florencia con un mensajero?

El *messere* Vittorio titubeó un momento.

—Podíais haberme pedido algo más fácil... sabéis con cuánto celo el decano revisa la correspondencia... —en ese momento, los dos hombres vieron a Alessandro de Legnano que, desde el vano de la puerta de la capilla, se aseguraba de que todo el mundo estuviera presente en misa.

—Bien, dadme la carta. Ahora tengo que irme —dijo el *messere* Vittorio, a la vez que estiraba la mano por entre las rejas.

—Sucede que aún no la he escrito. Si pudiérais pasar por aquí a la salida de la misa...

El decano vio entonces al *messere* Vittorio parado debajo de la recova.

—¿Qué hacéis ahí? —inquirió el decano, poniendo los brazos en jarra y frunciendo el ceño más aún de lo que ya lo tenía por naturaleza.

Entonces el *messere* Vittorio se acomodó las tiras de la sandalia y se encaminó hacia la capilla.

—¿Acaso hablabais con vuestro zapato?

El *messere* se limitó a ruborizase con una sonrisita estúpida.

Mateo Colón tenía el escaso tiempo que duraba la misa para escribir la carta.

Cuando hubo comprobado que nadie había fuera de la capilla, volvió a sacar el cuaderno que escondía bajo el pequeño *scriptorium* —tenía prohibido escribir—, tomó la pluma de ganso, la sumergió en el tintero y, en la última página, empezó a apuntar. Sin duda, el voto de silencio que le había impuesto el tribunal no era un castigo arbitrario; tenía un fundamento muy preciso: evitar que su satánico descubrimiento se propagara como las semillas en el viento. Por la misma razón tenía prohibido escribir. Quedaba poco tiempo. Volvió a asegurarse de que nadie anduviese cerca y entonces empezó a anotar:

Mi señora:

Mi espíritu se debate en el abismo de la incertidumbre y se oprime en la amargura de quien, habiendo hecho promesa de secreto en el Nombre de Dios, ofende el sagrado Nombre cuando, injustamente, pretende velarse la Obra Divina. Es en el Nombre de Dios, mi querida Inés, que he decidido romper los votos de silencio que me han sido impuestos por el decano de la Universidad de Padua y por los Doctores de la Iglesia. Menos le temo a la muerte que al silencio. Aunque, en lo que a mí respecta, estoy condenado a una como a otro. Para cuando esta carta llegue a Florencia ya no estaré con vida. He pasado la noche redactando el alegato que mañana habré de exponer frente al tribunal presidido por el cardenal Caraffa. Sin embargo, no ignoro que, antes de que pueda yo pronunciar una sola palabra en mi favor, la sentencia ya estará decidida. Sé que no tengo otro destino que el de la hoguera. Si supiera que pudierais interceder por mi vida en esta parodia de proceso, sin dudar os lo pediría —tantas cosas os he pedido ya, que una más...—, pero sé que mi suerte ya está echada. Lo único que os suplico ahora es que me escuchéis. Nada más.

Quizá os preguntéis por qué me decido a revelaros mi secreto nada más que a vos. Y sucede que, aunque aún no lo sepáis, vos fuisteis la fuente de los descubrimientos que me fueron revelados.

De vos depende ahora. Si consideráis que cometo sacrilegio por decir lo que he jurado callar, detened ahora mismo la lectura y que estos papeles acaben en el fuego. Si acaso todavía os merezco un poco de crédito y habéis decidido seguir adelante con la lectura, os ruego que, en el mismo Nombre de Dios, guardéis el secreto.

Antes de continuar con la carta, Mateo Colón dudó unos momentos. El tiempo se acortaba. La misa debía de estar promediando. Se frotó los ojos, se revolvió en la silla y, antes de seguir escribiendo, se preguntó si aquello no era una locura.

Aquel iba a ser el comienzo de la tragedia. De haber sabido que lo que habría de revelarle a Inés de Torremolinos iba a resultar peor que la muerte y el silencio no hubiese escrito una sola palabra más. Sin embargo, volvió a sumergir la pluma en el tintero.

Acababa de poner punto final a la carta

cuando pudo ver que todos empezaban a salir de la capilla.

Mateo Colón arrancó el folio del cuaderno y lo plegó de tal modo que el reverso quedara vuelto hacia afuera. Primero salieron en silencioso tumulto los estudiantes, que, desde el centro del patio, se iban distribuyendo en pequeños grupos hacia las aulas. Por último salió *messere* Vittorio y, junto a él, Alessandro de Legnano. *Messere* Vittorio se detuvo en el atrio y con una inclinación de cabeza se despidió del decano. Mateo Colón, a través de la ventana de su claustro, pudo ver cómo el decano se paraba junto a *messere* y no se movía de su lado. Vio que el decano, reclinado sobre una columna, iniciaba uno de sus habituales interrogatorios. No alcanzaba a oír lo que hablaban, pero bien conocía el anatomista los gestos inquisitoriales de Alessandro de Legnano cuando ponía los brazos en jarra y fruncía el ceño más de lo que habitualmente lo tenía. El anatomista había perdido toda esperanza de poder darle la carta a *messere*, cuando sorpresivamente el decano se alejó camino a su claustro. *Messere* Vittorio se demoró un rato más y cuando pudo comprobar que nadie quedaba en el patio ni merodeando por la recova, se encaminó derecho y con paso rápido hasta la ventana del claustro del anatomista. Entonces Mateo Colón arrojó la carta hacia la recova a través de las rejas de la ventana. *Messere* Vittorio empujó la carta con el pie hasta alejarla lo suficiente, se acuclilló y la guardó entre el talón y la suela de la sandalia. En ese preciso momento, desde el fondo de la recova, apareció Alessandro Legnano.

—Parece que es hora de que reemplacéis vuestro calzado —dijo el decano y, antes de que *messere* Vittorio pudiera ensayar una respuesta, Alessandro de Legnano agregó:

—Os espero en el taller —dijo, giró sobre su eje y se perdió más allá de la recova.

El *messere* Vittorio hubiera querido ver muerto al decano; anhelo que, en cierto modo, habría de ver cumplido.

EL DECANO

I

La cabeza de Alessandro de Legnano yacía mirando hacia el techo del taller sobre la mesa del *messere* Vittorio —mirando, por así decirlo, porque, en realidad, los ojos eran dos esferas inertes—. El maestro pasó la palma de su mano por la frente del decano, que se diría decapitado, se detuvo en la arruga del ceño, apoyó el cincel y descargó un mazazo seco, sordo, que levantó un polvo que parecía óseo. El decano presentaba el rigor de los muertos pero su expresión era la de los vivos. Estaba, sin embargo, helado. Mucho más frío que un muerto. Medio año le demandó al *messere* concluir el busto de Alessandro de Legnano, quien acababa de levantarse de la banqueta donde posaba y caminó hacia la escultura con la que acababa de homenajearse. Se contempló y, nariz contra nariz, se hubiera dicho que estaba frente a un espejo de mármol de Carrara. El maestro había obtenido la exacta expresión de su cliente y cualquiera que se hubiera detenido a ver el busto habría sentido la misma repugnancia que se experimentaba al tener frente a sí al propio decano. Fue exactamente lo que le sucedió a *messere* Vittorio durante los últimos seis meses y, sin duda, no le hubieran faltado ganas de hundir el cincel en la frente del mismo Alessandro de Legnano, sobre todo después de escuchar su veredicto:

—He visto cosas peores —dijo, mientras se contemplaba con paradójico desdén y, poco menos, le arrojó al *messere* los quince ducados en la cara.

—Que lo lleven esta tarde a mi escritorio —agregó mientras giraba sobre sus talones y se retiraba del taller dando un portazo.

El busto que acababa de concluir el *messere* Vittorio era fiel al modelo. Se diría que el decano tenía la expresión perfecta del idiota: las facciones inflamadas, un severo prognatismo que basamentaba el rostro sobre una suerte de balcón maxilar y unos párpados semicerrados que le conferían un gesto somnoliento. El maestro florentino no había tenido ninguna benevolencia; si los clientes eran de su agrado, tenía la generosidad de embellecerlos un poco, como lo había hecho, por ejemplo, con el perfil irremediable de cierto ilustre cercano a los Médici. Sin embargo, se diría que la escultura de Alessandro de Legnano era toda una opinión del *messere* acerca de Alessandro de Legnano.

Nadie en toda Padua le guardaba alguna simpatía al decano. Y, sin duda, a nadie le hubiera provocado ninguna pena verlo muerto.

Como todas las mañanas, cerca del mediodía, Alessandro de Legnano habrá de ir hasta la *Piazza dei frutti*. Atravesará la *Riviera di San Benedetto*, a su paso todos lo saludarán no sin ampulosa grandilocuencia y, después de doblar hacia el *Ponto Tadi*, por lo bajo, le habrán de desear los peores augurios. Con el mismo anhelo que *messere* Vittorio, la obesa vendedora de frutas —a quien, como todos los días, habrá de comprarle unos damascos— le deseará un buen provecho y, para sí, rogará que su cliente se atragante con un carozo. Y como la vendedora de frutas, el sastre —en cuya tienda habrá de detenerse para encargarle un *lucco* de seda— querrá verlo ahorcado en la delicada estola que le encargara la semana anterior y que, al exhibírsela, el decano, con gesto de repulsión, le dijo:

—¿Acaso la habéis cortado con los dientes?

Alessandro de Legnano sabía que todo el mundo lo odiaba. Lo cual no le provocaba sino un inmenso placer.

El decano había sido discípulo de Jacob Sylvius de París. Por cierto que no lo adornaba el talento de su maestro para las artes médicas. Lo único que Alessandro de Legnano había heredado de Sylvius era su visceral tendencia a suscitar el desprecio de sus semejantes. Todos los calificativos aplicados al anatomista francés —avaro, grosero, arrogante, vengativo, cínico y codicioso entre otros— resultaban pocos para adjetivar al decano de la Universidad de Padua e, indudablemente, él mismo no esperaba para su epitafio uno menos lapidario que el que le dedicaron a su maestro:

"Aquí yace Sylvius, que jamás hizo nada sin cobrar.

"Ahora que está muerto, le enfurece que leas esto gratis".

II

Aquella mañana el decano estaba de un excelente humor. Se lo veía confortado. Tenía el aspecto espiritual de quien ha ganado una batalla. Y, en efecto, así era exactamente. Disfrutaba por anticipado del anhelado fuego de la hoguera que, gustoso, encendería, si de él dependiera, con sus propias manos. Esperaba con ansiedad que, de una vez, se acabara el día que recién empezaba. Mañana sería el comienzo del proceso que había promovido, no sin innumerables escollos, ante los cardenales Caraffa y Alvarez de Toledo y, finalmente, ante el mismísimo Paulo III.

Alessandro de Legnano caminaba animado, como si de pronto hubiera dejado de aquejarlo la gota que, desde hacía años, arrastraba como un lastre pertinaz. Tanta era su euforia que no había notado siquiera que desde la sandalia de *messere* Vittorio sobresalía el trozo de papel mal plegado. Quizá la solícita actitud de *messere* Vittorio no tuviera otro fundamento que la ignorancia. Tal vez el escultor florentino no supiera que, de ser descubierto, habría de correr la misma suerte que su amigo: de acuerdo con la Sagrada Legislación, quien hablara con herejes presos también habría de ser considerado hereje.

Mateo Colón se había convertido en la última obsesión del decano. Uno y otro nunca se habían caído en gracia. Alessandro de Legnano experimentaba hacia Mateo Colón un odio proporcional a la íntima admiración que le prodigaba. Siempre se había dirigido al anatomista con desprecio y no perdía oportunidad para descalificarlo frente a los alumnos, llamándolo *il barbiere*, a propósito de la norma que excluía a los cirujanos del Real Colegio de Médicos, obligándolos a afiliarse al Gremio de Barberos, que los igualaba con los pasteleros, los cerveceros y los notarios públicos. Desde luego, cuando Mateo Colón se convirtió en una eminencia, el decano no se sustrajo a los elogios e hizo propias las felicitaciones llegadas de todas partes cuando su catedrático descubrió las leyes de la circulación sanguínea, como si el mérito debiera atribuirse a la inspiración que irradiaba su decanato.

El anatomista y el decano nunca se guardaron simpatía. Al contrario. Uno y otro se prodigaban una recíproca aunque no simétrica envidia. Mateo Colón era el anatomista más respetado de toda Europa; tenía prestigio pero no poder. El decano, nadie lo ignoraba, ni siquiera los Doctores de la Iglesia, era dueño de una inteligencia próxima a la de una mula pero gozaba de la influencia del Vaticano y contaba con la bendición del propio Paulo III. Era la autoridad y ostentaba un buen predicamento entre algunos inquisidores, para quienes había aportado su alegato en el juicio que llevó a la hoguera a más de un colega hereje.

El nuevo hallazgo del anatomista superaba todos los límites de la tolerancia. *El Amor Veneris* —la América de Mateo Colón— iba más allá de lo permisible para la ciencia. La sola mención de un cierto *"placer de Venus"* —por más de un motivo— le revolvía la sangre.

A juicio del decano, desde que Mateo Colón había sido nombrado regente de la Cátedra de Cirugía, la Universidad se había transformado en un burdel de donde entraban y salían campesinas, entraban y salían cortesanas y había llegado a decirse que hasta religiosas entraban por la noche y salían antes de la madrugada. Y todas, a decir de los rumores, lo hacían con los ojos desorbitados y una sonrisa semejante a la de Mona Lisa. Por si fuera poco, a sus oídos había llegado la versión de que por el claustro del anatomista pasaban las pupilas del prostíbulo que se encontraba en la planta superior de la *Taverna del Mulo*. Y no se equivocaba.

III

Desde que la bula papal de Bonifacio VIII prohibió la disecación de cadáveres, la obtención de muertos era un trabajo peligroso. Sin embargo, había en Padua, por aquellos días, una suerte de mercado clandestino de difuntos, cuyo más solvente miembro era Juliano Batista, quien, en cierto modo, vino a poner orden a las cosas. Después del paso de Marco Antonio della Torre por la Cátedra de Anatomía de la Universidad, sus discípulos no vacilaban en abrir sepulturas, saquear la morgue de los hospitales y hasta descolgarlos de las horcas ejemplares. El mismo Marco Antonio tuvo que poner freno a la turba de pequeños anatomistas para que no asesinaran transeúntes por las noches. Tanto era el afán, que debían cuidarse los unos de los otros; tanta era la necrofilia, que el más alto halago al que podía aspirar una mujer era:

—Qué hermoso cadáver tenéis —le decían antes de degollarla.

Al menos, el predecesor más remoto, Mundini dei Luzzi, que doscientos cincuenta años antes había hecho la primera disección anatómica pública de dos cadáveres en la Universidad de Bolonia, había tenido el infinito decoro de no abrir la cabeza, "morada del alma y la razón".

Juliano Batista tenía, por así decirlo, el patrimonio del mercado de cadáveres; los compraba a los deudos más o menos menesterosos, a los verdugos y a los sepultureros. Después de ponerlos en condiciones presentables, los revendía a universitarios, catedráticos y a necrófilos más o menos reputados.

Sabía, sin embargo, que a Mateo Colón no hacía falta engalanarle la mercadería —engaño imposible para un anatomista, por otra parte—, de modo que se evitaba el trabajo de ruborizar las mejillas, devolver el brillo a los ojos con trementina y a las uñas con barniz de ultramar.

Si el anatomista necesitaba, por ejemplo, examinar un hígado, Juliano Batista extirpaba el órgano, rellenaba el lugar vacante con estopa o trapos, separaba la mercadería, cerraba el cadáver cosiéndolo con hilo de seda y, finalmente, vendía el cuerpo a otro cliente. Si un cuerpo estaba irrecuperable, Juliano Batista encontraba para todo un destino; nada se tiraba: los cabellos a la corporación de barberos y los dientes al gremio de los orfebres.

La disecación de cadáveres era tan ilegal como corriente. La bula de Bonifacio VIII ya no tenía en la práctica ninguna vigencia. Sin embargo, para el único que el decano aún la hacía regir era para Mateo Colón. El anato-

51

mista bien sabía que Alessandro de Legnano hacía la vista gorda para con todos, inclusive estudiantes, salvo para con él. De modo que debía proceder con el mayor de los cuidados.

En los últimos tiempos Mateo Colón había comprado cerca de diez cadáveres, todos pertenecientes a mujeres. Confeccionaba listas escrupulosas de los cuerpos disecados donde apuntaba: nombre, edad, motivo de muerte, descripción y hasta dibujos, no sólo de los órganos examinados, sino también de la expresión de cada uno de los cadáveres.

Sin embargo, sus prácticas eran más afines a la carne viva que a la muerta. Y sobre todo, con cierta carne en particular que, por otra parte, no era en absoluto frecuente puertas adentro de la Universidad, pues era carne prohibida. Interdicción que el decano se ocupaba de hacer cumplir con más escrúpulos que éxito. Entre los estatutos de la Universidad, en efecto, quedaba taxativamente prohibido el ingreso de mujeres. Sin embargo, por razones mucho menos relativas a los asuntos de la ciencia que a los ímpetus de la carne, era más o menos frecuente la furtiva visita de las campesinas venidas desde el *fics* lindero a la abadía que, de tanto en tanto, regalaban una noche de júbilo a doctores y alumnos.

Una de las formas de entrar en la Universidad —además de escalar los altos muros— era la de confundirse entre los muertos que, una vez a la semana, ingresaban en el carro público en la morgue. Así, ocultas debajo de un manto, permanecían quietas hasta quedar solas en el subsuelo de la morgue, donde eran recogidas por sus amantes.

En una ocasión, impaciente quizá por la larga y obligada continencia, un prestigioso doctor desvistió a una de las campesinas allí mismo, en la morgue, en medio de todos los muertos y, en el momento glorioso de una sublime *fellatio*, entró en el lúgubre subsuelo el párroco de la Universidad, quien momentos antes había visto entrar al "cadáver" que ahora presentaba una inexplicable vitalidad. El ilustre doctor tardó un momento en advertir la presencia del deífico visitante que, absorto, miraba las esmirriadas piernas del catedrático y su no tan esmirriada verga bullente que salpicaba la proporcionada humanidad de la "difunta". Cuando, después del último estertor, vio al párroco parado en el vano de la puerta, sólo atinó a gritar, con una mueca desorbitada:

—¡*Miracolo!* ¡*Miracolo!* —e inmediatamente se puso a perorar acerca de su reciente confirmación de las teorías aristotélicas sobre el hálito que transportaba el semen en su caudal, que, a decir del metafísico, producía la vida. Y que, por qué no, si el semen era capaz de producir aliento vital en la materia y engendrar, cómo no habría de ser posible, por la misma razón, que resucitara a los muertos, decía mientras se acomodaba la verga —todavía un poco tiesa— debajo de las ropas. Y luego de concluir su enloquecido soliloquio, se perdió del otro lado de la

puerta corriendo escaleras arriba al grito de
"¡Miracolo! ¡Miracolo!".

Lo cierto es que Mateo Colón tenía sus razones para introducir mujeres en la Universidad. Y, ciertamente, las mujeres que visitaban
secretamente al anatomista también tenían
las suyas.

Las manos de Mateo Colón sabían tocar a
una mujer, como sabían las manos de un mú-
sico tocar su instrumento. Los imprecisos límites entre la ciencia y el arte hacían de sus
manos el instrumento más sublime, más alto
y más difícil: el efímero arte de dar placer;
disciplina que, como la de la conversación, no
dejaba huella ni testimonio.

IV

Era el mediodía cuando *messere* Vittorio atravesó la puerta de la Universidad hacia la *piazza*. Debajo de aquel tibio sol del invierno, los artistas trashumantes, entre una multitud de viandantes ocasionales, ensayaban torres humanas deliberadamente derrumbadas. Más allá, frente a la plaza, un grupo de hombres adustos —comerciantes y señores— hacían un círculo alrededor de los *banditori* que se turnaban para vociferar los bandos del día. Unos pasos más allá estaban los que preferían consultar a los viajeros recién llegados desde el otro lado del monte Veldo, que, ciertas o no, traían noticias al menos más interesantes.

Messere caminaba con paso veloz. Pasó junto a los tres cepos donde se exhibían los ladrones de la jornada y tuvo que abrirse paso entre la multitud de mujeres y niñas que pugnaban por escupir a los reos. En el otro extremo de la *piazza*, el último mensajero que aún no había partido acababa de cerrar las alforjas y se disponía a montar sobre su caballo.

Todavía agitado, *messere* Vittorio alcanzó a escuchar las últimas noticias de boca de los *banditori*. No pudo evitar sentir un horroroso escozor sobre su propio cuello cuando volvió a pasar junto a los cepos. Si el buen tiempo se mantenía, en poco menos de un mes, la carta habría de llegar a Florencia. Para entonces, salvo que mediara un milagro, Mateo Colón estaría muerto.

Quiso la fatalidad que el buen tiempo se mantuviera.

EL NORTE

I

El claustro de Mateo Colón era un recinto perfectamente cúbico de unos cuatro pasos de lado. La pequeña luna que se alzaba por encima del austero pupitre no tenía vidrio. En rigor, las únicas ventanas que tenían vidrio eran las del decanato y el aula magna. Si bien el vidrio resultaba sumamente práctico —sobre todo durante el invierno—, constituía un detalle de pésimo gusto comparado con las exquisitas sedas venecianas que guarecían las aberturas. A la sazón, era muy fácil reconocer las casas de los nuevos ricos de Padua: todas ellas tenían las ventanas protegidas con vidrios pintados. Lo cierto es que la pequeña ventana del claustro de Mateo Colón estaba desprovista, también, de un lienzo de seda; toda la protección la constituía un paño ordinario que frenaba el viento a costa de no dejar entrar ni un mínimo haz de luz, y, al contrario, si el anatomista necesitaba iluminarse, debía, también, soportar el viento, el frío y, si además llovía, el agua. El cuarto —al cual se accedía desde la recova que circundaba el patio— estaba dividido por la mitad por una biblioteca que trepaba hasta las penumbrosas alturas del techo. La mitad posterior del claustro era el dormitorio: una cama de madera —desde luego desprovista de capitel—, y junto a ella, una mesa de noche y un candelero. En la mitad anterior, delante de la biblioteca, y contra la pared que mediaba con la recova, estaba el pequeño pupitre. Quien entrara desde la recova vería, entonces, un pupitre flanqueado por una biblioteca en cuyos estantes descansaba una infinidad de fieros y extraños animales disecados que, sin duda, habrían podido disuadir a un ladrón desprevenido de avanzar más allá de la puerta.

Desde que estaba preso en su claustro Mateo Colón pasaba la mayor parte del tiempo mirando a través de las rejas de la ventana. Así estaba, con la mirada perdida en un punto impreciso situado quién sabe dónde, cuando vio que *messere* Vittorio acababa de entrar por la puerta principal. Con un levísimo gesto, el escultor dio a entender a su amigo que ya había cumplido el peligroso recado. Respiró aliviado; en realidad le preocupaba menos su suerte —que ya estaba decidida—, que la del *messere*.

El anatomista no esperaba para sí la clemencia obtenida por su maestro, Vesalio, cuando había sido enviado a los tribunales del Santo Oficio. En una oportunidad, Andrés Vesalio le confesó a Mateo Colón un vergonzoso y desgraciado acontecimiento que cerca estuvo de llevarlo a la hoguera: cierta vez solicitó permiso para diseccionar a un joven noble español que había muerto durante la consulta. Cuando hubo obtenido el permiso de los padres del difunto, abrió el pecho y, para su estupor y desesperación, pudo ver que el corazón aún latía. Enterados del suceso, los padres del joven acusaron a Vesalio de asesinato a la vez que le iniciaron proceso ante el Santo Oficio. La Inquisición lo condenó a muerte; sin embargo, poco antes de que empezaran a arder los leños, intervino el propio rey, que decidió conmutarle la pena y, a cambio, dispuso que el anatomista iniciara una peregrinación a Tierra Santa para lavar su crimen.

Mateo Colón sabía que su "crimen" era infinitamente más grave, ya que consistía en haber develado aquello que debía mantenerse por siempre ignorado. De modo que no albergaba ninguna esperanza, ni siquiera retractándose de su descubrimiento, como lo había hecho otro egresado de los claustros de la Universidad de Padua, Galileo Galilei. El descubrimiento de Galileo era demasiado "intangible" en la práctica. En cambio, su "América" estaba al alcance de cualquier simple.

—¿Qué sería de la humanidad si las fuerzas del demonio se apoderaran de vuestro descubrimiento? —le había dicho el decano cuando, al revelárselo, le impusiera los votos de secreto, sugiriendo, de paso, que su descubridor era, de seguro, uno de los que engrosaban las cada vez más numerosas huestes diabólicas.

—¿A qué desgracias no se vería sometida la

humanidad si el Mal se adueñara de la voluntad del femenino rebaño? —le había dicho el decano, dándole a entender que su propósito no era otro que, en el nombre del "Bien", apoderarse de la voluntad del femenino rebaño.

De manera que Mateo Colón no podía esperar un destino diferente del de la hoguera.

Sin embargo, otro era el motivo de la aflicción que le oprimía la garganta; no era la certeza de la muerte próxima, ni el cautiverio, ni la imposición de silencio. No era el recuerdo de Inés de Torremolinos, ni la incertidumbre por el destino de la carta que acababa de escribirle. Tampoco tenía su fundamento en la ruptura de los votos de silencio ni en la revelación del secreto que había jurado callar. Aquello que lo atormentaba no era, siquiera, la desdicha de no poder hacer público su descubrimiento, sino más bien, que el inocente propósito que lo condujera hasta su hallazgo había fracasado.

El norte que condujera a Mateo Colón hasta su descubrimiento no era ni una premisa teológica —tal como la había presentado—, ni una ambición de saber filosófico —como la había fundamentado—, ni siquiera un afán de revolucionar la anatomía —como, a su pesar, lo había logrado—. No marchaba resuelto hacia la hoguera en nombre de la Verdad, como lo hiciera su colega, Miguel de Servet.

La fuente de su descubrimiento no era otra que un amor fracasado. No anhelaba la comprensión de las leyes generales que gobernaban el oscuro proceder femenino, sino, apenas, un lugar en el corazón de una mujer.

El norte que había conducido a Mateo Colón hasta su *"dulce tierra hallada"* tenía, ciertamente, un nombre: Mona Sofía.

LA PUTTANA

I

Mona Sofía nació en la isla de Córcega. No había cumplido aún los dos meses cuando la robaron del lado de su madre una mañana de verano, en la que la mujer llevó consigo a la niña a lavar la ropa a orillas del arroyo que desembocaba en el mar. Ciertamente, la isla de Córcega era, a la sazón, el sitio menos feliz para que una mujer diera a luz a una niña bella. Desde que Marco Antonio primero y más tarde Pompeyo habían desalojado a los piratas de su "República" en Cilicia, después de su larga diáspora por los mares de Europa y Asia Menor, los "cilicianos", con paciente y brutal obstinación, volvieron a fundar su Patria, esta vez en las islas de Córcega y Cerdeña. Cuentan que a causa de su temprana y prometedora belleza, los piratas de Gorgar El Negro embarcaron a la niña a bordo de un bergantín junto con un grupo de esclavos mongoles y la vendieron a un traficante en Grecia. La pequeña pudo sobrevivir al viaje gracias a los cuidados de una joven esclava a quien habían separado de su hijo y que todavía conservaba un poco de leche. Su estancia en Grecia fue muy breve; un comerciante veneciano la compró por unos pocos ducados y nuevamente la volvió a embarcar, esta vez con destino a Venecia: por cierto, ya tenía un comprador en su tierra.

II

Donna Sidonna pagó por la niña veinte florines con la convicción de que era una excelente compra. Lo primero que hizo Donna Sidonna al ver a la niña, que estaba negra de mugre, fue sumergirla en una tina repleta de agua y jabón. La frotó con la misma fruición con que se pule un caldero herrumbrado, la enjuagó, la secó, la perfumó con una loción de agua de rosas y, con todo, no fue nada fácil quitarle el hedor a marinero. Luego le rapó la cabeza, cuyos largos mechones estaban duros como alambres y, finalmente, la posó sobre una manta cerca del fuego. Cuando estaba profundamente dormida, le puso alrededor de la muñeca el brazalete de oro y marfil que distinguía a todas las pupilas de la casa. Y viendo que la pequeña estaba muy flaca y evidentemente anémica —en el barco había sido alimentada por el magro pecho de una esclava que apenas podía con su pobre humanidad—, designó a Oliva como su ama de leche. Oliva era una joven esclava egipcia. Tenía una leche buena y nutritiva. Le habían puesto Oliva por nombre porque tenía la piel del color de una aceituna y la estatura de un olivo. Era una mujer delgada que iba precedida por unas mamas majestuosas cuyos pezones tenían el diámetro de un florín de oro. Oliva reunía todas las condiciones de la perfecta nodriza: era morena —sabido era que las mujeres rubias daban una leche amarga y acuosa y que las negras eran buenas para alimentar bestias salvajes pero no niños blancos—. Al cabo de una semana ya se notaban los progresos; la pequeña exhibía unos rollos de lo más saludables y eructaba con la fuerza de un adulto. Sus heces —que eran puntualmente examinadas por la misma Donna Sidonna— se veían sólidas y su color revelaba el perfecto funcionamiento de sus tripas.

Cuando cumplió el primer mes —contando desde su llegada a la casa—, Donna Sidonna la envolvió en un vestido de infinitos encajes, la perfumó con agua de jazmines y mandó a llamar al clérigo para que le diera el primer sacramento, porque —desde luego— una buena puta debía ser cristiana. Como sucediera tantas veces, Donna Sidonna negoció el precio de los servicios con el clérigo y se pusieron de acuerdo en el pago: el cura exigía el favor de una de las pupilas todos los días durante un mes y *"per tutti gli orifizi"*. Donna Sidonna ofrecía el servi cio solamente por el curso de una semana y no incluía otro favor más que la convencional *francescana*. Finalmente convinieron en que el clérigo tomaría los servicios de una pupila durante quince días y *"per tutti le orifici"*. Aquel día, la pequeña fue bautizada y Donna Sidonna le puso por nombre Ninna.

Ninna convivía con ocho niñas de su misma condición, pero desde muy temprano empezó a diferenciarse del resto de las niñas de la casa; ninguna lloraba con más fuerza ni comía con tal apetito —tanto, que los pezones de Oliva quedaban amoratados después de cada comida—. Y, a diferencia de las demás, Ninna se resistía obstinadamente a la faja con que Donna Sidonna la envolvía todas las noches para evitar monstruosas deformaciones. Tales eran los gritos con que la niña mostraba su disconformidad que, por puro contagio, las demás le oficiaban de coro, igual que las lloronas contratadas en los velorios no dejaban de imitar el llanto de la viuda. Este fue el primer e inocente signo de peligrosa rebeldía. Una buena puta, igual que una buena esposa, debía ser sumisa, obediente y agradecida.

Conforme la niña iba creciendo en edad, estatura y belleza, en la misma proporción se desarrollaba en su espíritu un carácter volcánico; sus ojos verdes y rasgados se poblaron de unas pestañas negras, largas y arqueadas pero también de una malicia inteligente, sarcástica que inspiraba la misma fascinación, el mismo miedo que infunde en sus víctimas la mirada de la serpiente. En las almas supersticiosas despertaba terrores y negros augurios. En los espíritus religiosos, satánicos temores, porque, se sabía, la inteligencia en una mujer bella era un índice indudable de la influencia del demonio.

Poco antes de cumplir el primer año, Ninna empezó a balbucear las primeras palabras que, asombrosamente, no fueron las mismas que, a media lengua, pronunciaban las demás. Así, cuando las pequeñas pupilas empezaban a llamar a sus nodrizas por el nombre y, en señal de temprana gratitud, se referían a Donna Sidonna como *mamma*, Ninna ignoraba sistemáticamente la presencia de su benefactora y ni siquiera se dignaba mirarla. De nada servían los esfuerzos de la niñeras, que la alzaban en brazos frente a su *mamma*, instándola a que le prodigara, aunque más no fuera, una sonrisa. Nada de eso; todo lo que conseguían era que la niña soltara un saludable eructo en las narices de su protectora. Donna Sidonna se consolaba pensando que Ninna era muy pequeña aún para comprender que aquel era el mejor destino al que podía aspirar una mujer. Las niñas todavía no podían darse cuenta de la fortuna que estaba invirtiendo en cada una de ellas; al fin y al cabo, Donna Sidonna no hacía más que desembarazar a sus padres del infortunio que significaba traer al mundo una mujer. Si bien era cierto que los padres de la pequeña Ninna debieron haber sufrido por el robo de su hija, más valía que padecieran todo de una sola vez y no por el resto de sus vidas. De hecho, los progenitores deberían estarle agradecidos. ¿Quién, en su sano juicio, podría estar feliz de tener una hija? No más que gastos durante la soltería y, si tuviesen la dicha de conseguirle un marido, todavía quedaría el desembolso de la dote. Si todos siguieran su criterio —pensaba Donna Sidonna—, los usureros del Banco de Dotes no podrían lucrar con los pobres y desesperados padres de las mujeres casaderas. Y así le agradecía la pequeña: con arteros aires regurgitados e, inclusive, con sonoros desaires de aquellos que salen por vía contraria.

Una mañana, cuando Donna Sidonna fue a vigilar el sueño de su ingrata *filia*, se encontró con que la pequeña estaba de pie sobre su cuna y no dejaba de mirarla fijamente; para su estupor, Ninna la recibió con un saludo:

—*Puttana...* —le dijo con una pronunciación perfecta, y agregó—, dame diez ducados.

Aquellas cuatro fueron las primeras palabras de Ninna. Donna Sidonna se persignó. De haber podido, habría salido corriendo de la habitación. Pero era tal el miedo, que sólo atinó a pegar un alarido. Donna Sidonna decidió que aquellas cuatro palabras eran una señal indubitable de que la pequeña estaba poseída por el demonio. De modo que se resolvió por el camino más expeditivo.

Antes de que le brotaran los pezones, antes de que cobraran la dureza de una almendra y el diámetro y la tersura de un pétalo, Ninna fue revendida a un traficante por diez ducados, la mitad de lo que había pagado su benefactora. Una mañana de verano fue subastada en la plaza pública junto con un grupo de esclavos moros y jóvenes putas, fue ofrecida al peso y vendida finalmente a *madonna* Creta, un alma filantrópica que, entre otras cosas, era dueña de un burdel en Venecia.

III

Ninna —cuyo nombre estaba grabado en el brazalete— fue rebautizada con el más elegante *Ninna Sofia*. Era la pupila más joven del burdel. Su nueva *mamma* era ahora *madonna* Creta, una próspera y ya retirada cortesana. De *madonna* Creta no podía esperarse la dulzura ni la dedicación que le prodigaba su antigua benefactora. Y mucho menos podía esperarse paciencia. La primera vez que alzó a la niña en sus brazos, la examinó como si se tratara de una planta de lechuga. Se felicitó por su nueva compra y se dijo que en unos pocos años —dos o tres— su pequeña inversión podía empezar a dar frutos. Tres cosas sobraban en Venecia: nobles, curas y pederastas y, desde luego, todas las combinaciones posibles de esos tres elementos. Sí, era un buen negocio, se dijo. Ya se figuraba la cara de *messere* Girolamo di Benedetto, viendo aquellas jóvenes y todavía inmaculadas carnes; qué no pagaría por acariciar con sus dedos decrépitos aquella vulva arrepollada; qué no daría por frotar su mustia verga sobre los rollizos muslos de su joven pupila. *Madonna* Creta ya podía contar los ducados de oro por anticipado. Pero no iba a resultarle tan fácil.

Ninna Sofia examinó la nueva alcoba que debía compartir con cuatro pupilas ya adultas. Aquello era peor que un establo y, de hecho, olía a pesebre. Era un cubo sin una sola ventana. Al pie de cada una de las paredes había unas camas de madera que, a guisa de colchones, tenían unos fardos de paja en cuyos bordes estaban sentadas sus nuevas compañeras. Eran todas esclavas que habían sido compradas por unos pocos ducados. Una de ellas no presentaba un solo diente, otra ofrecía el aspecto que da la sífilis cuando se encuentra en muy avanzado estado, y las otras dos permanecían con la mirada perdida en sendos puntos imprecisos que parecían situados del otro lado de las paredes del cuarto. Todas tenían una mirada de resignada derrota, de aquella tristeza que se perpetúa hasta el último día, que, por cierto, nunca estaba muy lejano. El escaso aire que se respiraba allí adentro era caliente y sofocante. Ninna Sofia declaró su disconformidad con un alarido sucedido por un llanto estridente. Cuando se abrió la puerta, Ninna, que esperaba la diligente llegada de su nodriza Oliva, sólo tuvo tiempo de ver la creciente figura de *madonna* Cretta que se acercaba hacia ella. Después de las primeras tres cachetadas que le cruzaron las mejillas, comprendió que si dejaba de llorar, quizá también cesaran los golpes. Y así fue. De hecho, la pequeña Ninna se prometió no volver a llorar nunca más en su vida. Y así lo hizo.

Su espíritu se tornó cada vez más ingobernable, más áspero y peligroso. Ninna Sofia era una flor venenosa.

De nada servían los castigos que, amorosamente y en su provecho, desde luego, le prodigaba *madonna* Creta. De nada servían los latigazos ejemplares que le cruzaban la espalda, ni las penitencias nocturnas de rodillas sobre el maíz, ni las promesas de círculos infernales. Ninna Sofia miraba a su tutora a través de sus ojos verdes repletos de largas y arqueadas pestañas y repletos, cada vez más, de una malicia y de una inteligencia infinitas; a través de aquellos ojos de lágrimas ausentes, con una sonrisa giocondesca, la miraba y le susurraba:

—¿Ya terminaste, *madonna* Creta?

Madonna Creta determinó que si la pequeña era lo suficientemente adulta para hacer oídos sordos a sus lecciones, también debería serlo para ganarse la comida. De modo que antes de lo que tenía previsto, fue a casa de *messere* Girolamo di Benedetto para hacerle saber de su nueva pupila.

Messere Girolamo era uno de los más prósperos fabricantes de seda de Venecia y había sido *priore* del gremio hasta el año anterior. Como ya era un hombre viejo, había decidido retirarse de la vida pública y dedicarse por completo al ocio y, de ese modo, empezar a disfrutar de los pocos años que le quedaban.

73

En rigor, nunca se había dedicado a otra cosa diferente de la holgazanería, sólo que ahora, en lugar de jugar a la baraja con sus colegas en su despacho del gremio, lo hacía en su más acogedor palacio. *Messere* Girolamo di Benedetto tenía dos debilidades: el juego y los niños. Desde luego, jamás hubiera tolerado que lo llamaran pederasta. Al fin y al cabo, ¿qué podía tener de malo amar a los niños y ayudarlos un poco económicamente, sobre todo si los padres de la criatura en cuestión eran pobres?

El precio que exigía *madonna* Creta le pareció demasiado alto, pero no puso ninguna objeción; lo que le sobraba era dinero y ni aunque se lo propusiera podía gastárselo todo en los años de vida que le quedaban. Y si bien era cierto que aún conservaba la costumbre de regatear, en cuestiones tan delicadas prefería no reparar en gastos. Solamente pidió a *madonna* Creta una detallada descripción de la niña. *Messere* Girolamo di Benedetto escuchaba con la mirada perdida y parecía estar disfrutando por anticipado. De haber sabido lo que la pequeña Ninna iba a depararle, *messere* habría preferido morir aquel mismo día.

IV

Tal como conviniera con *madonna* Creta, *messere* Girolamo llegó al burdel a la hora de la cita. Lo hizo con la anticipación justa para tomarse el tiempo que demanda entrar al burdel sin ser visto por nadie. Había esperado que pasaran unos viandantes, y tuvo que demorarse en la puerta de una tienda hasta que dos mujeres terminaran de una vez el coloquio que habían entablado a pocos pasos de la entrada del burdel. Cuando las dos mujeres se despidieron, esperó a que se alejaran lo suficiente, se acomodó el sombrero de tal modo que el ala le cubriera la cara y, finalmente, con paso ligero, llegó hasta el pequeño atrio de la casa.

Con un gesto involuntariamente despectivo, *messere* Girolamo di Benedetto rechazó la copa de vino que le había ofrecido *madonna* Creta. Quería empezar el trámite cuanto antes. Su decrépito corazón latía ahora con una súbita fuerza juvenil. Oportunidades así no se presentaban todos los días. Su amor por los niños le había acarreado más de un dolor de cabeza; en dos ocasiones lo acusaron públicamente de abuso de infantes y, pese a que, felizmente, pudo disuadir a los denunciantes de avanzar hasta los tribunales mediante suculentas "atenciones", mucho se decía en Venecia acerca de los gustos de *messere* Girolamo. En cambio, *madonna* Creta era una garantía de silencio. Su negocio era, precisamente, la discreción. Por ese mismo motivo, casi no sintió ninguna pena cuando terminó de pagarle los veinte ducados que habían convenido.

Madonna Creta lo condujo hasta la alcoba que había preparado para la ocasión. De pie junto al vano de la puerta, la anfitriona invitó a *messere* Girolamo di Benedetto a pasar y, antes de dejarlo a solas con la pequeña, le dijo amablemente:

—Disfrutad, pero cuidaos de lastimarla.

Cuando *messere* Girolamo di Benedetto vio a la pequeña Ninna, sus ojos se iluminaron. Era un verdadero sueño verla recostada sobre el vientre y completamente desnuda. Lo primero que hizo *messere* fue darle unas suaves palmaditas en las nalgas y pasarle sus dedos decrépitos y sarmentosos por sus muslos rollizos. Dejó caer un hilo de saliva espeso por la pequeña espalda y lo esparció con la palma de su mano. Ninna no mostraba ninguna resistencia y hasta le sonrió tiernamente cuando el anciano, completamente extasiado, la sentó sobre su falda. Hacía muchos años que a *messere* Girolamo di Benedetto no se le erguía la verga, y, ni bien notó aquel añorado acontecimiento, se dijo que la pequeña Ninna era un verdadero milagro. Cierto que no fue una de aquellas erecciones de las que podía exhibir orgulloso durante la juventud, pero, desde luego, esto era mejor que nada. Tomó a la pequeña por debajo de las axilas, la levantó en vilo y posó las diminutas nalgas de Ninna sobre su verga, que formaba un modesto promontorio en el *lucco* de lana que aún llevaba puesto. Hacía mucho tiempo que no se excitaba tanto. Ninna, cuando descubrió la protuberancia sobre la cual estaba sentada, se refregó como lo haría un gato, cosa que enardeció todavía más al anciano que, impaciente, se levantó el *lucco* por encima del vientre y, tomando su verga entre las manos, la exhibió frente a los ojos de la niña. Ninna examinó aquella cosa morada que el viejo esgrimía e inmediatamente estiró su mano hacia ella. Tan pequeña era la mano de Ninna que ni siquiera pudo abarcar la mitad del diámetro del glande.

—¿No vas a darle un beso a mi amigo? —le dijo el anciano a Ninna que, al parecer, encontró divertida la forma en que "su" cliente había nombrado aquella cosa, ya que la vio esbozar una sonrisa que al viejo le pareció francamente lasciva. Esa era la palabra: "lascivia"; nunca antes había visto semejante disposición lujuriosa en una niña. Y, en rigor, si un intruso hubiese estado presenciando la escena, sin duda habría pensado que la pequeña Ninna estaba practicando la "corrupción de ancianos". Tal como se lo pidiera *messere* Girolamo di Benedetto, Ninna acercó su boca al miembro de su cliente —que estaba, ahora sí, duro y completamente erecto, más de lo que jamás había estado, inclusive más de lo que podía estarlo en los días de juventud— y lo besó con los labios, tal como su nodriza Oliva le había enseñado a besar las mejillas de Donna Sidonna, acto al que, por otra parte, siempre se había negado. Tal como lo hiciera una mujer adulta, Ninna cerró los ojos y pasó sus labios alrededor del glande. El viejo tenía los ojos en blanco y temblaba como una hoja. Como si en vez de haberse criado con leche de pecho, se hubiera alimentado siempre con leche de verga —nadie le había enseñado el arte, de la *fellatio*—, Ninna abrió la boca cuanto le permitieron las comisuras de los labios y se engulló el glande entero. El viejo no podía creer lo que veía.

—Pequeña puta —susurraba—, pequeña hija de siete castas de putas.

Y cuanto más hablaba, la pequeña lo miraba a los ojos a través de los suyos, verdes y repletos de largas pestañas, y tanto más adentro de la boca se lo metía. Entonces Ninna pudo sentir una convulsión en el tronco de aquello que se estaba engullendo. En ese preciso momento, mordió con toda la fuerza de su mandíbula, hundió los dientes hasta las encías y se dejó caer con fuerza desde la cama hasta el suelo. Ninna quedó unos instantes suspendida en el aire, colgada por la boca de la verga del anciano, hasta que, finalmente cayó al piso. *Messere* Girolamo di Benedetto no comprendió, hasta que vio la cascada de sangre que manaba del tronco de la verga. Sólo entonces vio, como si se tratara de una alucinación, que el glande ya no estaba ahí. La pequeña miró al viejo con una sonrisa angelical mientras masticaba el trozo de carne, y sus ojos describieron una parábola mientras lo veía caer de espaldas al suelo. Las piernas —tiesas como la cuerda de un laúd— formaron una V por encima de la cama, cosa que a Ninna le resultó sumamente graciosa.

Cuando hubo pasado el tiempo establecido, *madonna* Creta entornó la hoja de la puerta y, todavía del otro lado, mumuró:

—El tiempo se acabó, *messere*; espero que no hayáis lastimado a la pequeña.

Madonna Creta tropezó con el cadáver de su cliente y antes de que pudiera sostenerse de alguna cosa, resbaló con la sangre que cubría el piso de la alcoba y cayó junto al muerto. Ninna, sentada en un ángulo del cuarto, todavía masticaba su bocado y se la veía feliz con su temprano trabajo. Sonrió a *madonna* Creta como si así le dijera: "¿Estás conforme, es así como debo ganarme la comida?".

Aquel mismo día, Ninna Sofia fue a dar con la horma de su zapato.

EL HACEDOR

I

Presa del pánico, *madonna* Creta envolvió en un lienzo el cadáver de *messere* Girolamo di Benedetto, cargó a la niña debajo de su axila y se embarcó a bordo de una pequeña góndola. Luego de pagar en sonante el silencio del absorto *gondoliere*, en el sitio menos transitado del *Canal Grande* arrojó por la borda al difunto *castrato* y a la niña.

Como si su destino hubiese estado escrito, el exhausto cuerpecito de Ninna Sofia fue dar a la *Riviera di San Benedetto*, exactamente a las orillas del muelle que conducía a las escalinatas del atrio de la *Scuola* que, treinta años antes, había fundado Mássimo Troglio.

Mássimo Troglio era el *fattore delle puttane* más prestigioso de toda Europa. Cierto es que compraba, vendía y también robaba como cualquier traficante. Pero ese era solamente el principio de una larga y laboriosa tarea, el primer eslabón de un costosísimo y proporcionalmente rentable oficio. Mássimo Troglio era, eminentemente, un pedagogo, mezcla del más ruin pederasta y del más sublime maestro.

Il Fattore —como algunos lo llamaban— era el fundador de la más prestigiosa *Scuola di Puttane*; padre, por así decirlo, de la raza de putas más sublimes de Venecia, de la misma Lena Grifa y de todas las putas que adornaron la corte de los Médici, de las putas que cautivaron el corazón de monarcas y arzobispos. De todas las putas a cuyo honor se levantaron los palacios más fastuosos de Venecia.

Ni una emperatriz recibía la educación de la menos ilustrada de las putas de Mássimo Troglio. Las más jóvenes, como la pequeña Ninna Sofia, eran objeto de los cuidados más delicados. Las *madonnas* —las putas más viejas— tenían a su cargo la tutoría de las de más tierna edad. Ellas se encargaban de bañarlas con leche de loba, pues el agua estaba prohibida desde las grandes pestes y, según enseñaba Mássimo Troglio, la leche de loba apuraba el crecimiento y evitaba la decrepitud; les frotaban la piel con saliva de yegua para impedir que las carnes crecieran blandas y, un día a la semana, las hacían dormir en el establo junto con los cerdos para que aprendieran a soportar los hedores más repugnantes y las compañías más ingratas.

Mássimo Troglio fue autor de *Scuola di Puttane*[1], una sucesión de 715 aforismos divididos en siete libros —inspirado, sin duda en

1 *Scuola di Puttane.* Venecia, 1539.

los Aforismos de Hipócrates[1]—. Entre otras cosas, sostenía que las mejores y más leales putas eran aquellas niñas nacidas de:

1. carpintero y ordeñadora; 2. cazador y mujer mongólica, preferentemente china; 3. marino y bordadora.

Afirmaba, además, que *"una mujer puede concebir un hijo de hasta siete hombres, cuyos jugos seminales se unen en el útero y se combinan unos con otros según la fuerza seminal de cada uno de los padres".*

"El de Hacedor de Putas es el arte más sublime; más que el del perfumista, más que el del mismo alquimista; como éstos, unimos las esencias más nobles con las más viles, las más antagónicas y las más simpáticas."

Mássimo Troglio se mostraba particularmente interesado en la pequeña que el cielo le había regalado. Para que no quedara ninguna duda de que ella era una de sus pupilas, le quitó el brazalete y le hizo hacer otro —de oro con rubíes—, donde constaba su nuevo y definitivo nombre: Mona Sofía. Pocas veces había visto una niña de semejante carácter, tanta y tan temprana inteligencia y, sobre todo, dotada de aquella singular y extraordinaria belleza. Mona Sofía era la síntesis de todas las putas metida en un cuerpo de niña, una suerte de extracto de puta en estado puro. Sin em-

---

1 La estructura de *Scuola di Puttane* es idéntica a la de los aforismos de Hipócrates. Igual que aquélla, consta de la misma cantidad de aforismos por cada libro. El estilo, por otra parte, es notable y deliberadamente semejante.

bargo, Mona Sofía no estaba exenta de los dos grandes y, por cierto, misteriosos problemas con los que debe lidiar un maestro de putas: el amor y el placer. Jamás había visto Mássimo Troglio un odio tan inconmensurable como el que le prodigaba la pequeña, no porque le preocupara ser objeto de ese sentimiento, sino porque, según le enseñaba la experiencia —y así lo testimoniaba el aforismo IX—, *"cuanto más proclive a odiar es una mujer, tanto más proclive es a amar".* La segunda preocupación no era, intrínsecamente, la ausencia de cualquier manifestación de dolor, sino la sospecha de que tras la máscara de la insensibilidad, cuanto más intenso era el dolor para Mona Sofía, tanto más intenso era el placer que le provocaba. Y, en fin, los primeros ciclos de formación de una puta no tenían otro objeto mediato que la interdicción del amor y del placer. La inversión era demasiado grande y paciente como para que —como había ocurrido más de una vez—, un buen día, la ingrata se marchara enamorada detrás de algún hombre. Entre otros aforismos, Mássimo Troglio escribió:

* *Corromper es más difícil que educar.*

* *Es más fácil reemplazar un sistema moral por otro que despojar a alguien de su moral.*

* *La educación en la moral favorece la formación de putas.*

* *Igual que el filósofo, el maestro de putas debe ser vehículo de la moral.*

* *Es más conveniente al monarca la existen-*

84

cia de las putas por dinero que la existencia de las putas por placer.

Mássimo Troglio fundamentaba toda su teoría en los cánones helénicos. Los apotegmas que guiaban su pluma y, consecuentemente, su práctica, eran —cuando no—, los de la *Metafísica* de Aristóteles. Aristotélica era su concepción de la mujer y del hombre y aristotélico, desde luego, era su juicio acerca de la procreación; abrevaba también de la fuente aristotélica para explicar de qué modo *"el hombre ha de servirse, por causa natural, del provecho de la mujer"*. En su capítulo *"De la monstruosa condición femenina"*, decía: *"Como ha enseñado el Maestro Aristóteles, el esperma del hombre es la esencia, la potencialidad esencial que transmite la virtualidad formal del futuro ser. El hombre lleva en su semen el hálito, la forma, la identidad, es decir, la kinesis que hace de la cosa materia viva. El hombre, en fin, es quien da el alma a la cosa. El semen tiene el movimiento que le imprime su progenitor, es la ejecución de una idea que corresponde a la forma del propio genitor, sin que esto implique la trasmisión de materia por parte del hombre. En condiciones ideales, el futuro ser tenderá a la identidad completa del padre. La mujer proporciona el sustento material en su sangre, la corporeidad, la carne que envejece, corrompe y muere. La esencia del alma es siempre masculina. Como ha enseñado el Maestro, la procreación de niñas es, en todos los casos, producto de la de-*

bilidad del progenitor a causa de enfermedad, vejez o precocidad.

"La mujer suministra siempre la materia y el hombre el principio creador: para nosotros, es ésta, en efecto, la función propia de cada uno de ellos, y esto es ser hembra y ser macho. Es necesario, también, que la hembra aporte un cuerpo, una determinada cantidad de materia, mientras que esto no es necesario para el macho: no es necesario que los instrumentos existan en los productos que se fabrican, ni que en ellos exista el agente que los hace".

La de Mássimo Troglio no es solamente una noción acerca de la concepción, sino, además —y siempre bajo la tutoría intelectual de Aristóteles—, de la misma genealogía del ser viviente: "el semen es un organon que posee movimiento en acto".[1] "El semen no es una parte del feto en formación, así como ninguna partícula de substancia pasa del carpintero al objeto que elabora para unirse a la madera, así, ninguna partícula de semen puede intervenir en la composición del embrión." Y ejemplifica: "La música no es el instrumento, ni el instrumento es la música. Y sin embargo, la música es idéntica a la idea previa del autor".

Se deduce cuál es el nudo de la teoría de Mássimo Troglio: la propiedad, la patria potestad, el derecho a la posesión de la descendencia por parte del autor, esto es, el padre. Así como está claro que el propósito de Aris-

---

1 Aristóteles, *Metafísica*, VII, 9, 1034b.

tóteles no era sino la reafirmación del Derecho griego.

La mujer, es la teoría, quedaba como un simple resto, cuya esencia era aquella sangre que rebasa una vez al mes: una masa de líquido crudo, impuro, no elaborado, inerte y amorfo, pero, desde luego, tocado por el hálito, la *kinesis*, de su débil progenitor.

De modo que esta última revelación aristotélica es la que le proporciona el método, el modo de producción y apropiación de mujeres.

Mona Sofía era la más bella y la más tempranamente desarrollada de las discípulas de Mássimo Troglio. Mostraba, además, una prematura disposición al oficio. Tenía una sensualidad infrecuente para una niña de su edad. Cuando Mona cumplió los seis años, Mássimo Troglio determinó que la pequeña ya podía comenzar la segunda etapa de su formación.

En la *Scuola di Puttane* las pupilas recibían desde muy jóvenes educación religiosa, les enseñaban mitología antigua y aprendían, desde luego, a leer y escribir, no sólo en la lengua vernacular, sino hasta en griego y latín. La *Scuola* era, eminentemente, una institución renacentista, tan prestigiosa como cualquiera de las numerosas escuelas de pintura de la Península. De hecho, la *Scuola* recibía un subsidio del Ayuntamiento y cada una de las pupilas tenía el rango de funcionaria pública.

A Mona le fascinaba oír las historias que le

contaba Filipa, su institutriz. Cada vez que escuchaba cómo la ballena se tragaba entero a Jonás, abría los ojos desmesuradamente y conminaba a Filipa a omitir las partes superfluas del relato y que le dijera de una vez cuál había sido de la suerte del héroe.

Todo iba muy bien hasta que Filipa empezaba a hacerle imputaciones. Mona negaba rotundamente haber tenido alguna participación en la crucifixión de Nuestro Señor Jesucristo y le resultaba intolerable la acusación de que El había muerto por causa de ella. Después de todo, ¿quién era ella?, ¿qué importancia podía tener su insignificante existencia en la suerte de, nada menos, el Salvador?

Igualmente, se declaró exenta de toda culpa y complicidad en los pecados de Eva, a quien, por otra parte, dijo no haber visto nunca. Sin embargo, a regañadientes, terminaba por asentir agachando la cabeza sin demasiada convicción, porque era capaz de tolerar cualquier cosa menos los agudísimos gritos de Filipa, que le destrozaban los tímpanos.

II

Mássimo Troglio —en su virtud, o quizás a su pesar— hizo de Mona Sofía su obra más sublime. Diez años de educación y cuidados habían dado su fruto: era la mujer más bella de Venecia. El Hacedor supo ser paciente; cuando su pupila cumplió los trece años le anunció que había llegado la hora de la iniciación. Mona fue presentada en sociedad en la *festa di laurea* que, todos los años, Mássimo Troglio daba en su palacio. Se trataba de una emotiva ceremonia en la cual cada graduada recibía el nombramiento de funcionaria pública de manos de algun notable del Estado de la República. Cuando Mona Sofía fue anunciada, sobrevino un silencio hecho de veneración y estupor. La Venus de Médici era una rústica campesina comparada con aquella mujer que acababa de trasponer la puerta del salón.

Desde todos los puntos de Europa llegaban nobles señores hasta la *Scuola* y pagaban verdaderas fortunas. En menos de seis meses, Mássimo Troglio había recuperado hasta el último ducado invertido en su pupila. En el curso del primer año, el Hacedor quintuplicó el total de su inversión. El cuerpo de Mona Sofía había incrementado el patrimonio de Mássimo Troglio en... ¡dos mil ducados!

LA LIBERTAD

I

Fue durante el segundo año desde el día de su graduación, cuando Mona Sofía se presentó al lujoso *scriptorium* de Mássimo Troglio. El Hacedor estaba llevando la contabilidad de la *Scuola*, doblado sobre un grueso cuaderno de lomo dorado.

—Vengo a anunciaros mi libertad —sentenció Mona Sofía, sin que mediara, siquiera, un saludo.

Mássimo Troglio levantó la vista de los asuntos que lo ocupaban. Escuchó claramente la frase pero no comprendió, como si su interlocutora acabara de hablarle en un idioma desconocido.

—Aquí os dejo el documento que me independiza de vuestro patronazgo —dijo, a la vez que le extendía un pergamino escrito en tinta roja—, no es necesario que os molestéis en levantaros, sólo debéis poner aquí vuestra firma —agregó, dejando el pergamino sobre el pupitre de su protector.

Mássimo Troglio rió con una carcajada franca. En su larga vida nadie le había hecho un pedido —si así pudiera llamarse a la exigencia de su pupila— de semejante descaro. Había sufrido, sí, por la huida de más de una ingrata. Había tenido que emplear castigos ejemplares con alguna prófuga recapturada —la ablación de un dedo del pie era un correctivo usual—; pero que una pupila irrumpiera en su propio despacho con semejantes pretensiones era, lisa y llanamente, descabellado.

—Te recuerdo que la *Scuola* tiene sus estatutos y sus normas —empezó a decir Mássimo Troglio con una sonrisa cálida y paternal—, de modo que...

Antes de que su maestro pudiera terminar la frase, Mona Sofía extrajo un cuchillo de puño de oro y posó su aguda punta sobre su propio pecho. Con absoluta parsimonia, dijo:

—Mi cuerpo os ha pagado sobradamente la educación que me prodigasteis y, si os complace escucharlo, os agradezco y ofrezco toda mi veneración y mi respeto. Pero ahora os exijo que me otorguéis lo que me corresponde: mi cuerpo.

Mássimo Troglio empalideció e, inmediatamente, se puso rojo de cólera. Intentando mantener la calma, habló:

—De nada me servirías muerta. Puedo, si así lo quieres, firmar lo que me exiges, pero, ¿Qué te hace pensar que no habré de recapturarte con el derecho que me otorga la ley? Y sabes cuáles son mis correctivos.

Mona Sofía sonrió.

—No os atreveríais a mutilar un ápice de

mi cuerpo. Yo soy vuestra creación. Pero no creáis que soy una ingrata, si leéis el pergamino, veréis que me acuerdo bien de vos; os daré la décima parte de todo el dinero que haga con mi cuerpo, hasta el día en que alguno de los dos muera. La opción es el diezmo que os ofrezco o nada —dijo, a la vez que hundió un poco el cuchillo sobre su propio pecho, haciendo que rodara una gota de sangre hasta su vientre.

Mássimo Troglio sumergió la pluma en el tintero y firmó el pergamino. Mona Sofía se arrodilló a sus pies y besó las manos de su maestro, antes de abandonar para siempre la *Scuola*.

Solo en su *scriptorium*, Mássimo Troglio lloró desconsolado. Lloraba como un niño.

Lloraba como un padre.

DE CUANDO MATEO
COLON CONOCIO
A MONA SOFIA

I

Fue durante su breve estadía en Venecia, en el otoño de 1557, cuando el anatomista conoció a Mona Sofía. Fue en el palacio de cierto duque, en ocasión de la fiesta que el propio anfitrión se prodigó con motivo del día de su santo. Mona Sofía ya era una mujer adulta y experimentada. Tenía quince años.

A consecuencia, quizá, de la declaración de Leonardo de Vinci acerca de que no comprendía por qué los hombres se avergonzaban de su virilidad y "ocultaban su sexo cuando debieran adornarlo con toda solemnidad, como a un ministro", acaso por esta razón, aquel año había cundido entre los varones la moda de exhibir y adornarse con pompa los genitales. Casi todos los invitados, excepto los más ancianos, lucían unas calzas de tonos claros que ostentaban las partes de sus propietarios mediante el uso de cintas que se ajustaban a la cintura y las ingles, de modo que resaltaran sus virilidades. Aquellos que tenían más grandes motivos para estarle agradecidos al Creador aceptaron aquella moda de muy buen grado. Los que no, adoptaban diversos métodos para adaptarse a los tiempos sin tener de qué avergonzarse. En la *Bottega dil Moro* se vendían unos apliques que se colocaban debajo de las calzas y que servían, precisamente, para prestar gracia a los hombres más o menos desgraciados. Entre los múltiples adornos —que iban desde unos ornamentos de piedrecillas que enmarcaban al "ministro", hasta unos atavíos de perlas muy vistosas—, se usaba una cinta que llevaba atadas cuatro o cinco campanitas que delataban los ánimos de "su señoría". Así, las damas podían enterarse de la aceptación que suscitaban entre los caballeros, según tintinearan los cascabeles.

Era aquella una fiesta como todas: primero se bailó la danza del beso que no tenía más reglas ni normas que las de moverse como a cada cual le complaciera, con la única condición de que al constituirse y disolverse las parejas, lo hicieran con un beso.

Mateo Colón permanecía ajeno a los pasos de baile y, aunque aún no era un hombre viejo, vestía el *lucco* tradicional, lo cual, entre tanta exhibición de nalga masculina, le confería un aire de importancia. Y por cierto se vio premiado con más miradas femeninas que aquellos que ostentaban sus majestuosos campanarios, auténticos o de utilería.

No había promediado la fiesta, cuando se hizo presente Mona Sofía. No hizo falta que fuera anunciada. Sus dos esclavos moros la descendieron del palanquín junto al vano de la puerta del salón. Si hasta entonces tres o cuatro mujeres eran las que concitaban la atención, la más hermosa de ellas no pudo evitar sentirse contrahecha, renga o gibosa en comparación con la recién llegada. Mona Sofía tenía una estatura augusta. Llevaba un vestido cuya falda se abría hasta el comienzo de los muslos. La seda transparentaba perfectamente todo su cuerpo. Los senos se agitaban a cada paso al borde del escote que dejaba ver la mitad del diámetro de los pezones. Desde la frente pendía una esmeralda cuyo objeto no era otro que el de deslucirse comparada con el resplandor de sus ojos verdes.

Mona Sofía fue recibida por un verdadero carillón, por un centenar de viriles campanadas.

II

Mateo Colón permanecía en un rincón solitario del salón. Tampoco el anatomista había podido sustraerse a la belleza de la recién llegada. De hecho, tuvo el atrevimiento de dejar hablando sola a una dama hipocondríaca que no acababa jamás de enumerar sus males y de la cual no sabía cómo desembarazarse.

Mona Sofía fue recibida por el anfitrión, quien, inmediatamente, la sumó al baile del beso. Según indicaba la regla, el caballero debía invitar a la dama con un beso y, luego de trazar unas breves figuras, la dama debía reemplazar su pareja por otra y así sucesivamente. Desde luego que era un baile propicio para la seducción; las reglas eran las siguientes: si una dama no estaba interesada en ningún caballero, entonces la salida de compromiso consistía en invitar a bailar a un hombre casado. Si en cambio la dama escogía un hombre soltero, quedaban claras las intenciones. Por otra parte, existían normas en torno del beso; si la dama rozaba apenas la mejilla del caballero, no tenía otro propósito que el de bailar y divertirse un rato; en cambio, un beso afectuoso y sonoro indicaba intenciones más o menos formales, por ejemplo, de matrimonio. Pero si el beso rozaba los labios del caballero, quedaban claros los propósitos lascivos de la dama: era un invitación lisa y llana al sexo.

Mona Sofía bailaba una danza que se diría oriental: con ambas manos se tomaba de la cintura a la vez que meneaba las caderas. Todo el mundo esperaba con curiosa ansiedad el momento en que debía elegir una nueva pareja; motivo por el cual todos los jóvenes se disputaban la primera fila, exhibiendo, sin ahorrarse ninguna obscenidad, sus voluminosos ánimos ornamentados. Sin embargo, Mona Sofía había conocido en otras circunstancias a más de uno de esos caballeros sin otros adornos que aquellos con los que habían venido al mundo y que ahora mostraban unas inexplicables virilidades. Miraba a cada uno de quienes esperaban ser los elegidos, se dirigía a alguno de ellos y entonces, cuando parecía estar decidida, giraba sobre sus talones y emprendía en dirección a otro hombre, a quien, también, habría de desairar. Sin dejar de moverse al compás de los laúdes, Mona Sofía se abrió paso entre un grupo de eufóricos galanes hasta trasponer el círculo y, entonces, Mateo Colón pudo ver cómo los senos de Mona, que temblaban al borde del escote, lo señalaban con sus pezones. Mona Sofía caminaba decidida hacia el anatomista. En otras circunstancias, Mateo Colón se hubiera sentido avergonzado; sin embargo, ahora, mientras veía avanzar a aquella mujer que lo miraba como nunca antes se había sentido mirado, no pudo sustraerse a la impresión de que nadie más que ella había en el salón. Sin embargo, podía escuchar el alboroto de los demás y la música de los laúdes; podía, inclusive, ver la multitud de invitados. Sentía, exactamente, lo que un ratón frente a una serpiente. No podía, ni aunque quisiera, mirar otra cosa que no fueran aquellos ojos verdes que hacían empalidecer la esmeralda que llevaba entre las cejas. Mona Sofía aproximó sus labios a los del anatomista —pudo sentir su aliento a menta y agua de rosas— y entonces, como una brisa caliente, efímera, pudo sentir en la comisura de sus labios la breve caricia de la lengua de Mona Sofía. Bailó, sí; no perdió la compostura, no; fue galante. Pudo, incluso, disimular que, desde aquella vez y hasta el día de su muerte, no podría prescindir de aquel aliento de menta y agua de rosas, de aquella brisa caliente y efímera, del cobijo de aquellos ojos verdes. Bailó. Nadie hubiera dicho que, como la víctima de una serpiente cuyo veneno va invadiendo, implacable, la sangre, aquel hombre adusto que bailaba acababa de enfermar definitivamente. Bailó.

Por siempre, hasta el día de su muerte, habría de recordar que bailó bajo el encanto de aquellos ojos maliciosos; hasta el último día, como se conmemora la fecha de un mártir, habría de recordar que anduvieron huyendo por pasillos, jardines y galerías y que, en una alcoba recóndita del palacio, con el lejano susurro de los laúdes, pudo besar sus pezones rosados, duros como perlas pero más tersos que el pétalo de una flor. Hasta el día de su muerte habría de recordar, como una efemérides negra y sin embargo tan dulce, su voz de leño ardiendo, el aquelarre de su lengua cuya materia era la misma que la del fuego del infierno. Hasta el último día habría de recordar que, como aquel que ha cumplido promesa de ayuno y renuncia al manjar permitido para postergar el ansia de comer, así rehusó su cuerpo y en cambio, acomodándose el *lucco*, le dijo:

—Quiero retrataros.

Y, como el náufrago que confunde las nubes del horizonte con la tierra firme, creyó ver amor en aquellos ojos verdes repletos de pestañas arqueadas. Y no eran más que nubes.

—Quiero retrataros —repitió con el ánimo turbado por la emoción.

Y creyó ver emoción en los ojos de la serpiente. Mona Sofía lo besó con una ternura infinita.

—Podéis venir a verme cuando queráis —dijo y en un susurro agregó:

—Venid mañana mismo.

El anatomista la vio arreglarse el vestido, vio cómo por última vez le ofrecía sus pezones duros para que los besara y la vio girar sobre sus talones en dirección a la puerta. Entonces oyó cómo le decía, antes de perderse al otro lado:

—Venid mañana, os estaré esperando.

Y no eran más que nubes.

III

El día siguiente, a las cinco en punto de la tarde, Mateo Colón subió los siete peldaños del atrio del *bordello dil Fauno Rosso*. Traía consigo su caballete de viaje cruzado sobre las espaldas, el lienzo sobre el pecho, la paleta debajo del brazo derecho y la talega con los óleos colgada del cinto del *lucco*. Tan cargado venía que a punto estuvo de llevarse por delante a la administradora.

Cuando Mateo Colón se asomó al vano de la puerta, Mona Sofía, cubierta por un tul transparente, acababa de trenzarse el pelo frente al espejo del tocador. El anatomista, que permanecía de pie con todo su equipaje a cuestas, pudo ver en el espejo aquellos mismos ojos en los que ayer había visto el amor. Y allí estaban, ahora, sólo para él, para sus ojos. Entonces se anunció con un carraspeo.

Sin darse vuelta, sin siquiera mirar, Mona Sofía hizo un gesto de invitación con la mano.

—Vengo a retrataros.

Sin darse vuelta, sin siquiera mirar, Mona Sofía declaró:

—Lo que hagáis durante la visita me es completamente indiferente —dijo, e inmediatamente agregó—: por si no lo sabéis, la tarifa es de diez ducados.

—¿Me recordáis? —murmuró Mateo Colón.

—Si pudiera veros la cara... —dijo a su anónimo interlocutor cuyo rostro quedaba cubierto por el lienzo que cargaba.

Entonces el anatomista dejó sus petates en el suelo. Mona Sofía lo examinó por el espejo.

—No creo haberos visto antes —titubeó, y por la dudas volvió a recordarle la tarifa—: Diez ducados.

Mateo Colón dejó los diez ducados sobre la mesa de noche, desplegó el lienzo, lo alzó sobre el caballete, extrajo los óleos de la talega que pendía desde la cintura, preparó los pinceles y, sin decir palabra, empezó el retrato que habría de titular *Mujer enamorada*.

IV

Todos los días, cuando los autómatas del reloj de la torre golpeaban la quinta campanada, Mateo Colón subía los siete peldaños que conducían al atrio del burdel de la calle Bocciari, entraba en la alcoba de Mona, dejaba los diez ducados sobre la mesa de noche y, mientras acomodaba el lienzo, sin quitarse siquiera el abrigo, le decía a Mona que la amaba; que aunque ella no quisiera saberlo, él podía ver el amor en sus ojos. Entre pincelada y pincelada le suplicaba que abandonara aquel burdel y se marchara con él al otro lado del monte Veldo, a Padua, que si ella así lo quería estaba dispuesto a abandonar su claustro en la Universidad. Y Mona, desnuda sobre la cama, los pezones duros como almendras y suaves como el pétalo de una fresia, no dejaba de mirar la torre del reloj que se alzaba al otro lado de la ventana, esperando que de una buena vez doblaran las campanas. Y cuando finalmente sonaban, miraba a aquel hombre con los ojos llenos de malicia:

—Tu tiempo terminó —decía y caminaba hasta el tocador.

Y todos los días, a las cinco de la tarde, cuando las sombras de las columnas de San Teodorico y la del león alado se funden en una única y oblicua franja que atraviesa la *Piazza di San Marco*, el anatomista llegaba al burdel con su caballete, su lienzo y sus pinturas, dejaba los diez ducados sobre la mesa de noche y ni siquiera se quitaba el *lucco*. Mientras mezclaba los colores en la paleta, le decía que la amaba, que aunque ella misma lo ignorara, él sabía reconocer cuando el amor se instala en la mirada. Le decía que ni la mano de un dios podría imitar tanta belleza, que si la administradora no aprobaba el matrimonio, estaba dispuesto a pagar por ella todo el dinero que tenía, que dejara aquel prostíbulo infame y se fueran juntos a la casa de su Cremona natal. Y Mona Sofía, que ni siquiera parecía escucharlo, se acariciaba los muslos suaves y firmes y torneados como la madera, y esperaba que sonara la primera de las seis campanadas que indicaba que el tiempo de su cliente se había terminado.

Y todos los días, a las cinco en punto de la tarde, cuando las aguas del canal empezaban a trepar por las escalinatas, Mateo Colón llegaba al burdel de la calle Bocciari, cerca de la Santa Trinidad y, sin quitarse siquiera la *beretta* que le cubría la coronilla, dejaba los diez ducados sobre la mesa de noche y, mientras acomodaba el lienzo sobre el caballete, le decía que la amaba, que huyeran juntos al otro lado del Monte Veldo o, si era necesario, al otro lado del Mediterráneo. Y Mona, encerrada en su cínico mutismo, en su silencio malicioso, se acomodaba la trenza por debajo de la cintura, se acariciaba los pezones y ni siquiera se molestaba en interesarse por el progreso del retrato. No miraba otra cosa que el reloj de la torre, esperando que, de una vez, sonara para pronunciar las únicas palabras de las que parecía ser capaz:

—Tu tiempo se terminó.

Y todos los días, a las cinco de la tarde, cuando el sol era una tibia virtualidad multiplicada por diez sobre las cúpulas de la basílica de San Marco, el anatomista, cargado de talegas, correajes y humillación, dejaba diez ducados sobre la mesa de noche y entre el acre perfume de los óleos y del sexo ajeno, le decía que la amaba, que estaba dispuesto a deshacerse de todo cuanto tenía y a comprarla, que huyeran al otro lado del Mediterráneo o, si era necesario, a las tierras nuevas al otro lado del Atlántico. Y Mona, sin decir palabra, acariciaba el papagayo que dormitaba sobre su hombro, como si en aquella alcoba no hubiese nadie más, esperaba que los autómatas de la torre del reloj se movieran de una vez y entonces, con los ojos llenos de una malicia sensual, decía:

—Tu tiempo se acabó.

Y durante toda su estadía en Venecia, todos los días a la cinco en punto de la tarde, el anatomista llegaba al burdel de la calle Bocciari cerca de la Santa Trinidad y le decía que la amaba. Así fue hasta que el anatomista concluyó el retrato y, por cierto, concluyó todo su dinero. Su tiempo en Venecia se había terminado.

Humillado, pobre, con el corazón roto y sin otra compañía que la de su cuervo Leonardino, Mateo Colón regresó a Padua con una sola convicción.

EL CAMINO
DE LAS ESPECIAS

I

Desde su regreso a Padua, Mateo Colón pasaba la mayor parte del tiempo encerrado en su claustro. Apenas si salía para ir a las misas de rigor y para dar clases en el aula de anatomía. Las visitas furtivas a la morgue empezaron a espaciarse, hasta que las abandonó por completo. Dejó de manifestar cualquier interés hacia los cadáveres. Encerrado en su claustro, no hacía otra cosa que rebuscar en los antiguos volúmenes de farmacia en los que había estudiado. Cuando salía al bosque lindero a la abadía, ya no se interesaba por los frescos despojos que le señalaba su Leonardino. De pronto, el anatomista se había convertido en un inofensivo animal herbívoro. Era, ahora, un farmacéutico. Cargaba sacas con infinidades de hierbas que eran prolijamente clasificadas, agrupadas y más tarde infusionadas.

Estudió las propiedades de la mandrágora y la belladona, las de la cicuta y el apio, y estableció los efectos de estas plantas sobre los distintos órganos. Era la suya una tarea peligrosa, pues el límite que separaba la farmacia de la brujería era, ciertamente, impreciso. La belladona había concitado la misma atención en médicos que en brujos. Los antiguos griegos la habían llamado *atropa* —la inflexible— y le atribuían la propiedad de restablecer y de cortar el hilo de la vida. Los italianos la conocían y las damas florentinas aplicaban la savia de la planta para dilatarse las pupilas y conferirse una mirada soñadora que —a costa de una ceguera más o menos crónica— les daba un atractivo incomparable. Conocía los efectos alucinógenos del temible beleño negro, cuyas propiedades ya habían sido descritas en los papiros de Eber, en Egipto, hacía más de dos mil quinientos años y ciertamente sabía que Alberto Magno había escrito que el beleño era empleado por los nigromantes para conjurar a los demonios.

Preparó cientos de pócimas, cuyas fórmulas eran puntualmente catalogadas y, entonces, por las noches, se lanzaba hacia los sórdidos burdeles de Padua cargado con sus frascos. Mateo Colón se había trazado una meta nada original: conseguir un preparado que pudiera apropiarse de la volátil voluntad de las mujeres. Desde luego que existían numerosas pócimas que hasta una aprendiz de bruja podía preparar por unos pocos ducados. Sin embargo aún conservaba un poco de cordura. Después de todo, él se había graduado en farmacia. Conocía perfectamente las propiedades de todas las plantas; había leído a Paracelso, a los antiguos médicos griegos y a los herbalistas árabes.

Entre sus apuntes, puede leerse: *"El modo de asegurarse la eficacia de los preparados es cuando éstos ingresan por la boca hacia el aparato digestivo. Las frotaciones en la piel pueden surtir efectos, aunque esto es más trabajoso y los resultados son mucho más tenues y efímeros. También pueden ingresarse por vía contraria desde el orificio anal, aunque en este caso es difícil que el cuerpo los contenga, provocando serias diarreas. Y, según la circunstancia, también pueden ser inhalados sus vapores y así, distribuirse sus partículas desde los pulmones hacia la sangre. Pero la vía más aconsejada será la de la boca".*

Ahora bien, ¿Cómo dar de beber los preparados a las prostitutas sin que éstas se nieguen? El camino más expeditivo sería frotarse el sexo con las infusiones en muy alta concentración y, por vía de la *fellatio*, hacerlas ingresar en el cuerpo de las mujeres.

Los efectos fueron terribles.

En la primera oportunidad, Mateo Colón había ensayado una infusión de belladona y mandrágora en proporciones semejantes. La víctima era una *mammola* bien entrada en años, una antigua pupila del *prostíbolo* situado en el piso superior de la *Taverna dil Mulo*, una puta vieja llamada Laverda. Había pagado medio florín y, por cierto, era demasiado. Sin embargo, pagó sin discutir.

Antes de engullirse el bocado de su cliente,

111

Laverda se hizo un buche de vino rancio bendecido que tenía la propiedad de mantener alejadas las enfermedades contagiosas y los espíritus demoníacos. El anatomista sabía que aquella costumbre no tenía otro fundamento que la superstición, de modo que no lo creyó inconveniente para el éxito del experimento. Laverda era una mujer avezada para la *fellatio;* su destreza estaba favorecida por el hecho de no conservar un solo diente, de modo que el bocado podía deslizarse con gran facilidad, sin ningún obstáculo ni estorbo. El primer signo del efecto de la infusión, lo notó el anatomista inmediatamente: Laverda se detuvo, se incorporó y miró al anatomista con unos ojos llenos de exaltación, de un súbito arrebato de enardecimiento que le coloreó de pronto las mejillas. A Mateo Colón le saltaba el corazón en el pecho de ansiedad.

—Creo que estoy... —empezó a decir Laverda—, creo que estoy...

—¿Enamorada...?

—...envenenada —completó Laverda, e inmediatamente vomitó todo cuanto albergaban sus tripas sobre el *lucco* de su cliente.

Después de este desafortunado trance, Mateo Colón preparó una infusión con las mismas hierbas, pero en proporciones inversas: si aquella pócima había conseguido desatar el odio más inconmensurable, invirtiendo las proporciones, por causa lógica, habrían de invertirse los efectos. Andaba por buen camino.

A la semana siguiente volvió a subir la escalera que conducía al prostíbulo. Llevaba puesta la infusión. Los resultados no fueron menos calamitosos. La segunda víctima fue Calandra, una puta joven que se había iniciado en el oficio hacía muy poco. Luego de sufrir un breve desmayo, se despertó y, horrorizada, pudo ver claramente toda suerte de demonios revoloteando en la alcoba y posándose a los pies del anatomista. Estas visiones espantosas poco a poco se desvanecieron, hasta dejar lugar a un persistente delirio místico.

Entonces Mateo Colón determinó que quizá fuera mejor reemplazar la belladona por el beleño. Así lo hizo.

II

Cuando Mateo Colón entró en la taberna, se hizo un silencio sepulcral; los parroquianos que estaban más próximos a la puerta caminaban disimuladamente hacia la salida y, una vez que alcanzaban la calle, huían despavoridos. Conforme el anatomista avanzaba hacia el fondo del recinto, a sus lados se iba abriendo un camino de clientes que lo saludaban con una mezcla de pleitesía y terror. Cuando hubo alcanzado la escalera, Mateo Colón, desde el primer descanso, pudo comprobar que, en el breve tiempo que le demandó ascender los treinta peldaños, todo el mundo se había retirado de la taberna. Ni siquiera vio al viejo tabernero.

Cuando golpeó la puertecita del burdel, no escuchó ningún movimiento del otro lado. Tal era su desconcierto, que ni siquiera sospechó la causa del terror de los parroquianos. Estaba por girar sobre sus talones y volver sobre sus pasos, cuando reparó en que la pequeña puerta estaba sin cerrojo. No tenía intenciones de entrar sin permiso, pero no pudo evitar la impresión de que aquella hendija que se abría entre la puerta y el marco era una invitación. Las bisagras chirriaron sin demasiada hospitalidad antes de que Mateo Colón se deslizara hacia el interior. En el fondo del recinto pudo ver una figura en la mórbida contraluz que irradiaba un candelabro de tres velas.

—Os estaba esperando —dijo la figura con una cálida voz femenina—, acercaos.

Mateo Colón avanzó unos pasos y entonces pudo distinguir a Beatrice, la más joven de las pupilas de la casa, una niña que no había cumplido aún los doce años.

—Os conozco bien, acercaos —repitió Beatrice extendiendo la mano—. Sabía que vendríais. No hace falta que me engañéis; no a mí. Sé que ha llegado el tiempo de la gran profecía. Antes de que me poseáis, os digo que a vos pertenece mi cuerpo y mi alma.

El anatomista miró por sobre su hombro para comprobar que no se dirigía a otra persona.

—Sé lo que hicisteis con Laverda y con Calandra.

El anatomista se ruborizó y elevó una íntima plegaria por la salud de las dos inocentes.

—Hacedme definitivamente vuestra —dijo Beatrice con una voz ronca y una risa maliciosa.

—A eso venía... —titubeó tímidamente Mateo Colón, antes de sacar de la talega los dos ducados.

Pero Beatrice no reparó siquiera en el dinero.

—No sabéis cuánto os amé en silencio. No sabéis cuánto os esperé.

El anatomista no recordaba haberle dado de beber ninguna pócima aún.

—¿Que me estabas esperando...?

—Sabía que hoy era el día. Allí está la luna llena cerniéndose sobre Saturno —dijo Beatrice, señalando hacia el cielo nocturno al otro lado de la ventana—. ¿Acaso creéis que no conozco las profecías del astrólogo Giorgio de Novara? Sé que ha dicho que la conjunción de Júpiter con Saturno ha originado las leyes de Moisés; con Marte, la religión de los caldeos; con el sol, la de los egipcios; que con Venus ha nacido Mahoma; que con Mercurio, Jesucristo —hizo una pausa, miró fijamente a los ojos del anatomista y, señalándolo, agregó:

—Es ahora, es hoy la conjunción de Júpiter con la luna...

Mateo Colón miró a través de la ventana y vio la luna llena y luminosa. Entonces interrogó con la mirada a Beatrice, como diciendo "¿y qué tengo que ver yo con eso?".

—¡Es ahora, es hoy el tiempo de vuestro regreso! —y poniéndose de pie, sentenció con un grito ahogado— ¡Es el tiempo del Anticristo! Os pertenezco. Hacedme vuestra —dijo, a la vez que se quitaba la manta que la cubría, dejando su hermoso cuerpo desnudo.

Mateo Colón tardó en comprender.

—Que el poder de Dios sea conmigo —murmuró, se persignó e inmediatamente estalló en un torrente de cólera:

—¡Idiota, niña idiota! ¿Acaso quieres verme arder en la hoguera?

Había levantado el puño y estaba por descargar un golpe sobre la cara de aquella endemoniada cuando, de pronto, cayó en la cuenta de que acababa de convertirse en un ser peligroso. Una acusación de "diabólico" ciertamente era grave; pero mucho más grave aún era concitar involuntarias adhesiones. Ya podía verse huyendo de Padua, perseguido por una turba de demoníacos adictos.

Antes de que la versión de Beatrice se propagara como las semillas en el viento, el anatomista decidió pedir un viaje en comisión a Venecia, hasta que las aguas de Padua se calmaran. Y para justificarse a sí mismo el viaje y no perder de vista el propósito que lo guiaba, se aferró a una premisa de Paracelso:

"¿Cómo puede nadie curar las enfermedades de Alemania con medicamentos que Dios colocó a las orillas del Nilo?"[1] Iba a ser aquella frase la que lo conduciría a la más descabellada peregrinación.

---

1 Paracelso, *Escritos*.

III

Viajó a Venecia. Anduvo recogiendo y seleccionado las hierbas que crecían en la campiña, los verdines que dejaba la creciente nocturna al pie de las escalinatas cuando se retiran las aguas, y hasta los hongos hediondos que crecían bajo el fértil abono de los nobles desechos de los acueductos de los palacios. Estaba por preparar su pócima, cuando a su conocimiento llegó la noticia de que, cuando pequeña, Mona Sofía había sido comprada en Grecia. Antes de partir hacia los mares egeos, flageló su espíritu ya herido contemplando furtivamente los paseos de Mona por la *Piazza de San Marco*. Oculto tras las columnas de la catedral, veía pasear su arrogante hermosura recostada sobre el palanquín llevado por sus dos esclavos moros. Iba siempre precedida por una perra de Dalmacia que marcaba el paso de la escolta. Antes de partir hacia Grecia, se mortificó contemplando sus piernas torneadas como la madera, sus pezones que temblaban bajo el pulso de los siervos morenos y que asomaban desde el abismo del escote.

Antes de partir a Grecia, flageló aún más las dolientes espaldas de su espíritu mirando aquellos ojos verdes que empalidecían la esmeralda que pendía entre sus cejas.

LAS HIERBAS
DE LOS DIOSES

I

En el collar de islas que se ciernen sobre la península como perlas, Mateo Colón recogió las plantas con cuya savia habría de preparar las infusiones. En Tesalia recolectó el beleño bajo cuyo ensueño las antiguas sacerdotisas de Delfos hacían sus profecías; en Beocia, las frescas hojas de la atropa; en Argos, exhumó la raíz de la mandrágora —cuyo siniestro antropomorfismo describiera Pitágoras—, tomando la precaución de taparse los oídos, porque, como lo sabían los recolectores, si se exhumaba sin pericia ni cuidado, los chillidos agónicos de la planta podían conducir a la locura; en Creta recogió las semillas de la *dutura metel*, mencionada en los antiguos manuscritos sánscritos y chinos y cuyas propiedades fueran descritas por Avicena en el siglo XI; en Quío, la temida *dutura ferox*, un afrodisíaco tan poderoso que, según contaban las crónicas, podía hacer estallar la verga, sobreviniendo la muerte por pérdida de sangre. Y comprobó que todas y cada una de las hierbas, raíces y semillas fueran buenas.

II

En Atenas, sobre la ladera del Monte de la
Acrópolis, Mateo Colón supo qué era lo "Bueno, lo Bello y lo Verdadero". Ebrio de helénica "Antigüedad" —además de cierta *cannabis*
que describiera Galeno, mezclada con belladona—, y de un paganismo inédito, descubrió, de pie como estaba sobre el Monte de la
Acrópolis, las miserias de la *Rinascitá*. Se hallaba ahora en la cuna dorada de la genuina
"Antigüedad". Allí, en la ladera del Monte de
la Acrópolis, abrió la saca que contenía todas
las hierbas de los dioses y comprobó que fueran buenas. Primero comió del hongo de la
amarita muscaria; entonces pudo ver el Principio de Todas las Cosas: vio a Eurínome al-
zarse desde las tinieblas del Caos; la vio bai-
lando la danza de la Creación mientras separaba los mares del firmamento y daba comienzo a todos los Vientos. Entonces, él, el
anatomista, fue Pelasgo, el primero de todos
los hombres. Y Eurínome le enseñó a alimen-
tarse: la Diosa de Todas las Cosas le extendió
la palma de su mano que estaba llena de semillas carmesí de *cláviceps purpúrea*. Y entonces comió de aquella simiente y fue el pri-

mero de los hijos de Cronos. Tendido de espaldas sobre la ladera del Monte de Todos los Montes, se dijo que aquella sí era la vida; la muerte no era sino un horrible sueño. Sintió una pena infinita por los pobres mortales. Entonces encendió un pequeña hoguera e hizo arder las hojas de la belladona, de cuyo humo respiró largamente: junto a él, podía ver a las ménades de las orgías dionisíacas; podía tocarlas y sentir aquellas miradas de ojos de fuego; podía ver cómo le extendían sus brazos. Se encontraba en la tripa de la Antigüedad, a las puertas de Eleusis celebrando y agradeciendo a los dioses el regalo de la semilla de la tierra.

No hacía falta revolver el barro milenario, no había que rebuscar en archivos ni en bibliotecas; allí, frente a sus ojos, estaba la pura Antigüedad helénica; dentro de sus pulmones tenía el aire que habían respirado Solón y Pisístrato. Todo estaba en la superficie, a la luz del sol; no había que traducir manuscritos ni descifrar las ruinas. Cualesquiera de aquellos campesinos que caminaban sobre la línea del horizonte estaban tallados por la mano de Fidias, los ojos de cualquier simple tenían el mismo brillo que irradiaba la mirada de los Siete Sabios de Grecia. ¿Qué era Venecia, qué Florencia, sino burdos y pretenciosos remedos? ¿Qué era la *Primavera* de Botticelli comparada con aquel paisaje que se le ofrecía al pie del Monte de la Acrópolis? ¿Qué eran los Visconti de Milán o los Bentivoglio de Bolonia; qué eran los Gonzaga de Mantua o los Baglioni de Perusa; qué eran los Sforza de Pesaro o los mismísimos Médici, comparados con el más pobre de los campesinos de Atenas? Todos aquellos nuevos señores no tenían más genealogía ni nobleza que la adventicia heráldica que les conferían sus prepotentes *condottieri*. Si el más indigente mendigo del puerto del Pireo llevaba la noble sangre de Clístenes. ¿Qué era el gran Lorenzo de Médici comparado con Pericles? Todo esto se preguntaba cuando, en la ladera del Monte de la Acrópolis, se quedó profunda y plácidamente dormido.

III

Empapado de un rocío helado, Mateo Colón se despertó al día siguiente. Junto a él pudo ver los restos de la pequeña hoguera. Intentó incorporarse, pero su equilibrio era tan frágil que rodó por la ladera hasta el pie del monte. Tenía un dolor de cabeza horroroso. Sin embargo, recordaba perfectamente los hechos del día anterior. En rigor, aquellos recuerdos eran más claros que el paisaje que ahora, borroso y confuso, se ofrecía ante sus ojos: nada más que un campo yermo salpicado de peñascos inhóspitos: aquella era su anhelada "Antigüedad". Sintió una profunda vergüenza de sí mismo; no le alcanzaban las manos para santiguarse, ni el alma para pedir perdón a Dios —Unico y Todopoderoso— por su inexplicable arrebato de paganismo. Vomitó.

Pero no olvidaba el motivo que lo había conducido a Grecia. En el puerto del Pireo anduvo recogiendo cuanta cosa presentara alguna forma vegetal entre los ladrillos de las paredes de los prostíbulos y de las tabernas donde, entre trago y trago, comerciaban los traficantes de mujeres.

Estaba por mezclar en exactas proporciones las hierbas, raíces, semillas y hongos, cuando pudo enterarse, de labios del mismo comprador, que Mona Sofía había nacido en Córcega. De modo que, siguiendo el apotegma de Paracelso, viajó a la isla de los piratas.

IV

Mateo Colón peregrinaba con la misma devoción con que un penitente marcha a Tierra Santa. Seguía los pasos de Mona Sofía con la mística adoración de aquel que camina la Vía Crucis y, conforme avanzaba, en la misma proporción, crecían su veneración y su martirio. Esperaba encontrar la clave de la Revelación del Misterio que, a cada paso, parecía estar más lejano. Y mientras erraba hacia los tenebrosos mares de Gorgar El Negro, hubiera escrito como su tocayo de Génova a la reina: *"En muchas jornadas de espantable tormenta no vide el sol, ni las estrellas del mar: los navíos tenían abiertos, rotas las velas, perdidas anclas y jarcias y bastimentos. La gente, enferma. Todos contritos, muchos con promesa de religión, se confesaban los unos a los otros. El dolor me arrancaba el ánima. La lástima me arranca el corazón. Bien fatigado estoy. Se me refresca del mal la llaga. Ando sin esperanza de vida. Ojos nunca vieron la mar tan alta, fea y hecha espuma. Aquella mar hecha de sangre, hirviendo como caldera por gran fuego. El cielo jamás fue visto tan espantoso".*

Y con la misma desesperada desazón erraba Mateo Colón a bordo de una goleta frágil como la cáscara de una nuez, que a punto estuvo de destrozarse contra las rocas. Ni siquiera pudo el anatomista tocar las costas de Córcega, porque los piratas de Gorgar el Negro asaltaron la goleta y robaron y mataron a toda la tripulación y a buena parte del pasaje. De milagro salvó su vida: Gorgar el Negro, en el abordaje, había sido herido en un pulmón y Mateo Colón lo curó y le salvó la vida. En gratitud le dio la libertad.

Con el ánimo todavía turbado por las hierbas de los dioses del Olimpo, con el cuerpo enfermo por el frío y la humedad, con el alma rota, Mateo Colón regresó a Padua.

El azar habría de revelarle que navegando hacia el Occidente podía llegarse al Oriente. Como un buscador de especias que tropezara accidentalmente con el yacimiento de oro más esplendoroso, así, como su tocayo genovés, Mateo Colón habría de descubrir su "América". El destino iba a demostrarle que para llegar exitoso a Venecia habría de andar antes por Florencia; que para gobernar el corazón de una mujer, habría de conquistar, primero, el de otra mujer.

Y así fue.

SEGUNDA PARTE

INES
DE TORREMOLINOS

I

De regreso a Padua, lo esperaban dos noticias: una buena y otra mala. La mala tenía que ver con los ánimos del decano.

—Muchas cosas se dicen de vos en Padua —empezó a decirle Alessandro de Legnano—. Y por cierto nada bueno.

El decano informó al anatomista de que Beatrice, la pupila del prostíbulo de la *taverna dil Mulo*, había sido llevada a juicio y quemada por brujería.

—Os ha mencionado en su declaración —dijo lacónicamente el decano.

Mateo Colón guardó silencio.

—En lo que a mí respecta —continuó el decano—, os llevaría ante la Inquisición hoy mismo —dijo y pudo ver cómo empalidecía su interlocutor—; sin embargo la suerte parece estar de vuestro lado.

Entonces le hizo saber que un cierto abad pariente de los Médici había mandado llamar al anatomista a Florencia. Una señora castellana —viuda de un noble señor florentino, el Marqués de Malagamba— agonizaba y un altísimo duque cercano a los Médici había contratado los servicios del anatomista. Había pagado mil florines por adelantado y otros quinientos por si precisaba la colaboración de un aprendiz o ayudante. El decano consideró una propuesta justa archivar el asunto de Beatrice y los testimonios de Laverda y Calandra, a cambio de los honorarios que ofrecían a su catedrático.

—Partiréis mañana mismo a Florencia —concluyó Alessandro de Legnano y antes de despedir a Mateo Colón, agregó—: En cuanto al aprendiz, con vosotros viajará Bertino. Está decidido.

De nada habría valido una protesta. Mateo Colón se limitó a asentir; en rigor, el decano no le dejaba ningún margen para negociar. Bertino se llamaba Alberto y llevaba el apellido del decano. Nadie sabía con certeza qué parentesco los unía. Pero Bertino era los oídos y los ojos de Alessandro de Legnano, un joven un poco más idiota que su protector, que se habría de convertir en la sombra del anatomista en Florencia.

II

Inés era la mayor de las hijas del noble matrimonio que habían formado Don Rodrigo Torremolinos, Conde de Urquijo y Señor de Navarra, e Isabel de Alba, Duquesa de Cuernavaca y Condesa de Urquijo. Para frustración del padre, el matrimonio no tuvo hijos varones. De modo que, a causa de su femenina "primogenitud", su pequeña alteza gozaba enteramente de la *potestas* y de la *divitia*. Semejante abolengo y linaje, sin embargo, contrastaban con su sietemesina salud, con la pálida fragilidad y su minúscula y mórbida estampa. Como si aquel cuerpecito fuera demasiado pequeño y prematuro para albergar un alma, la niña presentaba un aspecto francamente exánime, no como si la vida la hubiera de abandonar, sino como si nunca le hubiese llegado. La cuna de frondoso capitel que para ella había sido construida por el mejor carpintero de Castilla era tan inmensa que la pequeña Inés resultaba invisible entre los pliegues de seda. Apenas si se revelaba una evidencia de vida en unos horribles estertores que, siempre, parecían ser los últimos. El carpintero, en cuanto hubo concluido la cuna, empezó a construir el pequeño ataúd. Conforme se iban sucediendo los días, la niña iba perdiendo más volumen, si así pudiera llamarse a aquella pura ausencia. La nodriza, viendo que la pequeña Inés no tenía fuerzas siquiera para asirse del pezón, la había desahuciado definitivamente y, al parecer, iba a recibir el último sacramento antes que el primero. Sin embargo, Dios sabe cómo, la pequeña Inés sobrevivió. Poco a poco y como crecen de la nada los tiernos brotes en una rama seca, la niña fue cobrando el color de los vivos. Conforme la pequeña Inés iba creciendo, en la misma proporción, pero inversamente, la fortuna familiar languidecía. Los olivos y las vides de la noble casa que otrora eran las más espléndidas y generosas de toda la península, y de cuya abundancia daba testimonio el escudo familiar, fueron devastados por la voracidad de una súbita peste que, de un día para el otro, arrasó con cuanta cosa presentara alguna voluntad de verdor. Don Rodrigo, arruinado, sin más fortuna que la de su desconsuelo y sus títulos, maldecía el vientre de su esposa que, como los campos enfermos que sólo daban unas inútiles malezas, había sido incapaz de hacer un varón de su sangre que, al menos, pudiera traer una dote a la casa. Estaba visto que lo único que podía engendrar la Duquesa eran niñas escuálidas. Desesperado, Don Rodrigo viajó a Florencia a pedir el auxilio de su primo, el Marqués de Malagamba, a quien, además del parentesco, lo unía, otrora, el cultivo del olivo. El noble español imploró, rogó y hasta lloró. El Marqués se mostró como un hombre de bien, proclive a la compasión y a la misericordia. Le ofreció consuelo, palabras de ánimo y de fe; en cuanto al dinero, ni un florín. Don Rodrigo volvió a Castilla desconsolado. Sin embargo, el verano siguiente llegó un mensajero a casa del contrariado noble castellano. Traía un recado de su primo el Marqués. Para estupor del Conde, el florentino pedía la mano de su hija Inés y, a cambio, ofrecía a Don Rodrigo la suma de dinero que le había pedido el invierno pasado. La propuesta tenía su razón: el Marqués, hombre viudo, no había tenido descendencia, de modo que necesitaba un medio para obtener un varón legítimo, esto es, una mujer. Por otra parte, la unión con la casa de Castilla lo beneficiaba por cuanto, de ese modo, extendería sus dominios hasta la península ibérica. El mensajero partió a Florencia con la afirmación de Don Rodrigo. Inés, a la sazón, tenía apenas trece años.

No hubo gala ni seducción, no existieron amorosas cartas ni presentes, más que el que constituía la propia Inés de manos de sus padres, quien fue enviada a Florencia —donde la esperaba su esposo— con una escolta formada por miembros de ambas casas. Inés se casó virgen y virtuosa. El Marqués era de la noble raza de Carlomagno y la impresión que se formó Inés de su marido la primera vez que lo vio fue la de que el florentino llevaba en su propia humanidad el volumen de todos sus ilustres antepasados y la edad de todas las insignes generaciones carolingias. Nunca imaginó que su marido era un hombre viejo y obeso, aunque tampoco lo contrario.

Inés fue una buena esposa que entregó a su marido toda su *virtus in conjugio;* sabía exhibir el abolengo y, sobre todo, la "casta", esto es, la cristiana castidad marital. Si la esposa, según mandaba el precepto apostólico, debía despojarse de toda pasión y "usar del marido como si no lo tuviera", a Inés, ciertamente, no le fue en absoluto difícil; de hecho, apenas si cabía en el lecho nupcial junto a su inconmensurable esposo. No tenía que refrenar accesos de pasión ni de humedades bajas. No sentía la menor atracción hacia su marido y, en rigor, hacia ningún hombre. Se diría que Inés jamás había sentido ninguna inclinación hacia la sensualidad. Nada le provocaba placer y, ni siquiera, repugnancia. No sabía de gemidos ni de ayes, ni de nocturnas impulsiones. En todo lo que duró su matrimonio, el Marqués había tenido tres seniles erecciones, tres veces se conocieron y tres veces parió Inés sin saber jamás qué es el *frenesi veneris.* Como si una maldición hubiese caído sobre la familia, igual que su propia madre, no tuvo varones; todas fueron niñas; pura hojarasca para el mustio árbol genealógico carolingio. Una cuarta erección sería un milagro; de modo que harto, indignado y desesperanzado, el Marqués decidió morirse. Y así lo hizo.

III

Inés era una mujer muy joven. Se dedicaba por completo a la crianza de sus tres deméritos, no sin algún pesar por la memoria de su difunto, para quien no pudo cumplir con su deseo de formar un eslabón en su noble genealogía. Todo su espíritu se volcó a la compasión, a la misericordia, a la caridad y, sobre todas las cosas, a Dios. En la intimidad de su alcoba escribía un sinnúmero de poemas en Su nombre. Rezaba. Era una de las mujeres más ricas de Florencia.

Sobrellevaba la viudez sin otro pesar que el de no haber podido cumplir con la santidad conyugal, cuyo patrón de medida es la gloria que representa un hijo varón. Por lo demás, no necesitaba de otro amor que el de Dios. No se veía privada del consuelo de un hombre; no añoraba dulces placeres, ni la invadían oscuros ni pecaminosos pensamientos porque, en rigor, nunca supo de los primeros de modo que ni podía imaginar los segundos.

Todos los bienes que Inés había heredado no alcanzaban para remediar la pena de haber sido incapaz de darle un varón a su difunto esposo. De modo que para morigerar sus pesares y —sobre todo— para saldar su culpa en memoria de su marido, decidió vender los olivares, las vides y los castillos, y con ese dinero construir un monasterio. Así, mediante una existencia de castidad y celibato, habría de cumplir con el mandato conyugal, sirviendo a los hijos que su vientre no había sabido engendrar: a la hermandad monástica y a los pobres. Así lo hizo.

Se diría que Inés marchaba sin escollos hacia la santidad, hasta que —justo es decirlo ahora— un hombre se interpuso entre su diáfana vida y la gloria eterna: Mateo Renaldo Colón.

IV

Cerca estuvo de acabar sus días como una verdadera santa. En el verano de 1558 su salud se deterioró a causa de una desconocida enfermedad. Se retiró con sus tres hijas a una humilde casa junto al monasterio que había erigido y se decidió a esperar la muerte con cristiana resignación.

El espíritu de Inés se había tornado, progresivamente, sombrío y pesimista; se replegó en un mundo oscuro y tormentoso. Cualquier acontecimiento más o menos inusual o, inclusive, trivial y cotidiano, era para ella una señal de los más negros augurios: si las campanas de la abadía sonaban por algún motivo, no podía sustraerse a la idea de que doblaban por la muerte de alguna de sus hijas. Temía por la salud del abad —que, por otra parte, era exultante— y, en rigor, por la de todos quienes tenía cerca. Cualquier catarro ordinario revelaba, sin duda, una fatal pulmonía de pronto desenlace. Con el tiempo, todos estos temores se replegaron sobre su propio espíritu y sospechaba padecer las más graves enfermedades; una simple irritación en la piel era el síntoma que anticipaba el desencadenamiento próximo de la lepra. Se sentía acechada por la muerte. Padecía de interminables insomnios en cuyo tenebroso curso su corazón parecía querer salirse del pecho, sufría de penosos ahogos que la sumían en la certeza de una asfixia mortal y la sobresaltaban súbitos arrebatos de sudores fríos. En la soledad de su cama, imaginaba cómo sería su cuerpo después de muerta y la atormentaba la idea de la descomposición de su joven humanidad. Pronto, todos estos angustiosos malestares se fueron extendiendo más allá de la frontera de la noche, hasta instalarse por completo en su vida. Poco a poco, a causa de los vértigos que parecían aflojar el piso debajo de sus pies, Inés decidió refugiarse definitivamente en su cama a esperar lo que Dios dispusiera. Pero ni siquiera encontraba tranquilidad ni consuelo en Dios, lo cual contribuía, aún más, a su tormento, porque esto último la confrontaba con su devota conciencia y ni siquiera podía esperar la muerte con cristiana resignación. Inés presentaba un aspecto francamente agónico.

Viendo que la salud de Inés se quebraba definitivamente, el abad recordó que en Padua un cirujano había salvado milagrosamente la vida de un agonizante, hecho que, a la sazón, había sido muy comentado. De modo que, sin dudarlo, intercedió ante su ilustre primo cercano a los Médici, quien, sin reparar en gastos, le hizo llegar mil florines para los honorarios de la eminencia y otros quinientos para el viaje y otros imponderables que pudieran suscitarse.

EL DESCUBRIMIENTO

I

Un jinete cruzó a todo galope las angostas calles de Padua. A su paso, derribó el puesto de un tendero de la *Piazza dei Frutti* —que ni tiempo tuvo para insultarlo—, dejando un tendal de naranjas rodando calle abajo. El caballo estaba empapado en sudor y echaba espuma por la boca; había estado galopando desde el otro lado de los montes Eugáneos. Leonardino, el cuervo, lo vio; sigilosamente lo escoltó, sobrevolándolo en círculos, desde que cruzó los viejos muros por la *Porta Euganea* y, más allá, cuando avanzó por la *Riviera di San Benedetto*. Al cruzar el *Ponte Tadi* por sobre el canal, el cuervo se le adelantó y, como si lo supiera por anticipado, se posó sobre el capitel del aula donde su amo solía dar sus clases.

El jinete se apeó frente a la puerta de la Universidad y corrió a través del patio.

—¿Dónde encuentro a Mateo Colón? —le preguntó a un hombre a quien, poco menos, se había llevado por delante.

El hombre era el decano, Alessandro de Legnano.

El mensajero le explicó brevemente la urgencia del asunto que lo traía sin dar más precisiones ni detalles que los que imponía la formalidad e inmediatamente le repitió su petición, de tal modo que quedara claro que no tenía autorización para informar a nadie más que al propio anatomista.

—Tengo orden de entregar el mensaje al *messere* Mateo Renaldo Colón —explicó, lacónico el mensajero.

Al decano lo irritó profundamente el modo excesivamente respetuoso con que el mensajero se refirió al *barbiere*, pero, sobre todo, la pretensión de eludir su autoridad, como si fuera un simple criado cuya función fuera la de anunciar las visitas a "su eminencia", Mateo Colón.

—Quizá deba informaros que en esta casa yo soy la autoridad.

—Quizá deba informaros quién es el remitente del recado —dijo el mensajero, permitiéndose la impertinencia de imitar el tono de su interlocutor, a la vez que le exhibía la rúbrica y el sello impreso en el dorso del mensaje.

El decano no tuvo otro remedio que prometer al mensajero entregar la carta al anatomista ni bien regresara de viaje.

II

La impresión que se formó Mateo Colón de la enferma fue, en primera instancia, que se trataba de una mujer infinitamente bella y, en segundo lugar, que no era aquella ninguna enfermedad frecuente. Inés estaba tendida en la cama, exánime e inconsciente. Examinó sus ojos y su garganta. Palpó su cabeza e inspeccionó sus oídos. El abad seguía los movimientos del médico con desconfiada curiosidad. Palpó sus tobillos y sus muñecas y rogó al abad que lo dejase a solas con la enferma junto a su "discípulo", Bertino. No sin alguna preocupación, el abad abandonó la alcoba.

Mateo Colón pidió a Bertino que lo ayudara a desvestir a la paciente. Quizá nadie sospechara siquiera que debajo de aquellas austeras ropas existía una mujer de una belleza extraordinaria, hecho que testimoniaban las manos del discípulo, que temblaban como una hoja al retirar cada prenda.

—¿Acaso nunca has visto una mujer desnuda? —preguntó Mateo Colón a Bertino no sin cierta malicia, haciéndole notar, de paso, que podía convertirse en el delator del espía del decano.

—Sí, las he visto... pero no con vida... —titubeó Bertino.

—Pues te recuerdo que lo que estas viendo no es una *mujer*, sino una *enferma* —marcando en la pronunciación la diferencia entre ambas entidades.

En rigor, Mateo Colón tampoco había podido sustraerse a la belleza de su paciente, pero tenía el pulso experimentado, suficiente para no manifestar ninguna turbación. E, inclusive, sabía que un médico debía hacer caso de las impresiones subjetivas: intuía que su inquietud y su perturbación no eran ajenas a la enfermedad de su paciente. Examinó el tono muscular del vientre y el ritmo de la respiración. Viendo que Bertino demoraba con su tarea, ordenó a su discípulo que terminara de una vez de quitar las ropas de la enferma. En el mismo momento en que el anatomista se disponía a tomar el pulso, Bertino prorrumpió en un grito de espanto.

—¡Es un hombre! ¡Es un hombre! —vociferaba a la vez que se santiguaba e invocaba a todos los santos del cielo—. ¡El poder de Dios sea conmigo! —imploraba con una mueca de terror.

Mateo Colón pensó que Bertino se había vuelto completamente loco. El maestro se incorporó e intentó calmar a su discípulo, cuando, para su estupor, pudo ver entre las piernas de la enferma, una perfecta, erecta y diminuta verga.

III

El anatomista conminó a su discípulo a que dejara de gritar. Ciertamente, aquel descubrimiento, fuere lo que fuere, ponía en peligro la vida —ya lo suficientemente frágil— de la enferma. Mateo Colón recordó de inmediato un caso que, cincuenta años antes, había conducido a la hoguera a un hombre que presentaba la apariencia de una mujer y que, aprovechando sus facciones femeninas, ejercía la prostitución. Sin embargo, Inés de Torremolinos presentaba una anatomía enteramente femenina y, por cierto, sus tres hijas eran fiel testimonio de su no menos femenina fisiología. Sin embargo, frente a las narices atónitas del maestro y su discípulo, allí estaba aquel pequeño órgano erecto, señalando al centro de sus ojos alelados abiertos como dos pares de florines de oro.

La hipótesis que mejor se ajustaba a la situación era la del hermafroditismo. Las antiguas crónicas de los médicos árabes y egipcios relataban numerosos casos de seres que presentaban los dos sexos en un mismo cuerpo. El mismo anatomista había podido comprobar un caso de hermafroditismo en un pe-

147

rro. Sin embargo, esta última conjetura tampoco se ajustaba a los hechos: la característica común que señalaban todas las crónicas médicas no dejaba dudas acerca de que tal anomalía significaba la atrofia completa de ambos órganos sexuales, los masculinos y los femeninos, siendo en consecuencia imposible la reproducción. Además de los tres vástagos que Inés de Torremolinos había traído al mundo, era evidente que aquel pequeño órgano no se mostraba en absoluto atrofiado; al contrario, estaba inflamado, palpitante y húmedo.

Llevado por la pura intuición, el anatomista tomó entre el índice y el pulgar aquella innominada parte y, con el índice de la otra mano, comenzó a frotar suavemente el diminuto "glande", rojo e inflamado. La primera reacción que Mateo Colón pudo comprobar fue que toda la musculatura del cuerpo de la enferma —que hasta entonces permanecía completamente laxa— cobró una súbita e involuntaria tensión, a la vez que aquel órgano aumentaba un poco más en tamaño y se conmovía en breves contracciones.

—¡Se mueve! —gritó Bertino.

—¡Silencio! ¿O acaso quieres enterar al abad?

Mateo Colón no dejaba de frotar entre sus dedos aquella protuberancia, como quien frota una rama contra una piedra para obtener fuego. De pronto, como si finalmente hubiese conseguido encender la chispa de la hoguera, todo el cuerpo de Inés se conmovió en una gran convulsión que le hizo levantar las caderas, quedando sostenida por los tobillos y la nuca, semejando un arco. Poco a poco, su cintura empezó a moverse, siguiendo la regularidad, el ritmo de los dedos del anatomista. La respiración de Inés se agitó; el corazón, se diría, le galopaba dentro del pecho y todo su cuerpo brilló súbitamente con un sudor general, reproduciendo, en virtud de aquella frotación que le prodigaba el anatomista, cada uno de los penosos síntomas que la sobresaltaban por las noches. Sin embargo, pese a que Inés se mantenía inconsciente, no se diría que aquella sesión le resultara, precisamente, penosa. La respiración de Inés fue cobrando un sonido ahogado que devino en un jadeo sonoro. Su exánime gesto se transformó en una mueca lasciva: la boca, entreabierta, dejaba ver la lengua agitándose entre las comisuras de los labios.

Bertino, el discípulo, se persignó. No alcanzaba a descifrar si aquello era un exorcismo o si, al contrario, su maestro, estaba metiendo el diablo en el cuerpo de Inés. Casi cae desmayado al ver que, de pronto, la enferma abrió los ojos, miró en derredor, y, totalmente en sí, se entregó a la diabólica ceremonia del anatomista. Los pezones de Inés se habían inflamado y erguido y ahora ella misma se los frotaba con sus propios dedos sin dejar de mirar al desconocido con lascivia, a la vez que musitaba unas palabras ininteligibles en español.

Se diría que Inés había pasado de la agonía al *frenesi veneris*. Totalmente consciente —si así pudiera decirse—, Inés se asió al travesaño de la cabecera de su rústica cama.

Entre ayes, convulsiones y "cómo os atrevéis" admonitoriamente suspirados, Inés dejaba hacer.

—¿Cómo os atrevéis? —murmuraba a la vez que se pasaba su propia lengua por los pezones—. Que soy mujer casta —decía y se humedecía los dedos en los labios.

—¿Cómo os atrevéis? —suspiraba y entonces abría las piernas cuanto podía—. Que soy madre de tres —decía sin dejar de frotarse los pezones y que "cómo os atrevéis", imploraba y entonces dejaba hacer.

La del anatomista no era una tarea fácil; por un lado debía sustraerse a la contagiosa excitación de la enferma y, por otro, evitar que esa misma excitación declinara. Además, Bertino —que no dejaba de persignarse— no cesaba de hacer preguntas, exclamaciones y hasta se permitió amonestar a su maestro:

—¡Cometéis sacrilegio, profanación!

—Quieres cerrar la boca y sujetar los brazos —obnubilado como estaba, Bertino obedeció.

—¡Los míos no, idiota, los de la enferma!

—¿Cómo os atrevéis? —susurraba Inés—. Que soy mujer viuda —decía y entonces balanceaba las caderas embistiendo la mano del anatomista.

—¿Cómo os atrevéis? —lloriqueaba—. Que vosotros sois dos hombres y yo una pobre mujer indefensa —decía y entonces estiraba la mano hacia la verga del discípulo, cuyas imploraciones a Dios no impedían que empezara a ponerse un poco tiesa, lo cual, por cierto, le aseguraba al anatomista el silencio de Bertino.— ¿Cómo os atrevéis? —murmuraba Inés—. Que ni siquiera os he visto nunca antes.

IV

Diez días permaneció Mateo Colón en Florencia junto a su enferma. Diez días en el curso de los cuales Inés se restableció por completo, al menos, de sus anteriores padecimientos. El anatomista convino con el abad alojarse en un claustro del monasterio, cuya proximidad con la casa de la enferma le permitiría no interrumpir su secreta terapéutica. Sin embargo, Inés consideró esto una imperdonable falta de hospitalidad y lo alojó en su propia casa. Para él preparó una acogedora alcoba próxima a la suya.

Inés no era aquella mujer lasciva que conoció Mateo Colón. Al contrario, presentaba la apariencia de la santidad; era extremadamente recatada en su vestuario, pudorosa en sus modos y en sus dichos. Sin embargo, a la hora de someterse a la terapéutica del anatomista, parecía abrirse paso en su cuerpo un espíritu diabólico ilimitado que arrasaba la valla del pudor, y que sólo se retiraba cuando llegaba el éxtasis, después de lo cual volvía Inés a su recato. La enferma aparentaba rebelarse al placer mediante unos levísimos "¿Cómo os atrevéis?" que sin embargo se parecían más a un gemido gozoso que a una queja. Concluidas las sesiones no mencionaba nada acerca de ellas, como si no guardara memoria de lo sucedido en su alcoba o como si aquéllas no tuviesen una trascendencia diferente de la de tomar una hierba medicinal. Conforme avanzaba la cura, aquella misteriosa protuberancia que presentaba la forma de un verdadero pene iba decreciendo en tamaño en la misma proporción que los padecimientos de la enferma. Por lo demás, Inés parecía sentirse muy a gusto en compañía de Mateo Colón. Por las mañanas caminaban por la senda de setos del bosque lindero al monasterio y cerca del mediodía se sentaban a la sombra de un roble a comer fresas y moras silvestres. A media tarde, Inés y el anatomista iban hasta la casa, se encerraban en la alcoba y entonces se iniciaba la cura. Inés se recostaba mansamente en la cama, deslizaba sus faldas por la superficie de sus piernas, separaba un poco las rodillas a la vez que arqueaba la espalda dejando suspendidas las nalgas, suaves y prominentes, y se ofrecía a las manos del anatomista cerrando los ojos y apretando los labios todavía húmedos y teñidos con el jugo de las moras.

Y todas las mañanas Mateo Colón y su enferma salían a caminar por el bosque lindero a la abadía y después del mediodía entraban en la casa y "cómo os atrevéis, que aunque no llevo hábitos soy mujer consagrada". Y todas las noches, después de una cena frugal y reposada, "cómo os atrevéis, que juré a la memoria de mi difunto castidad y celibato".

Mateo Colón, por su parte, se sentía a gusto en Florencia. El motivo de la estadía de Mateo Colón no era, solamente, el de velar por la salud de su paciente; ¿qué era aquel pequeño órgano innominado que se comportaba igual que un sexo masculino? ¿Qué era aquella diminuta monstruosidad que asomaba horrorosamente del femenino pubis de Inés? ¿Era Inés una mujer? ¿Se hallaba frente a una monstruosidad de la naturaleza o, como sospechaba, tenía ante sí el más increíble descubrimiento de la misteriosa anatomía femenina?

Fue por aquellos días, durante su estancia en Florencia, cuando el anatomista apuntó las primeras notas que prefigurarían el décimo sexto capítulo de su *De re anatomica*. Día tras día, describía en su cuaderno la evolución de su enferma.

"Processus igitur ab utero exorti id foramen, quod os matricis vocatur illa praecipue sedes est delectionis, dum venerem exercent vel minimo digito attrectabis, ocyus aura semen hac atque illac pre voluptate vel illis invitis profluet."

Día primero:

"Esta pequeña protuberancia, que surge del útero cerca de la abertura que se llama boca de la matriz[1], es principalmente la sede del deleite

---

1 Desde luego, hoy se sabe que el órgano en cuestión no surge de la matriz, hecho que anota Thomas W. Laquier en su artículo sobre Mateo Colón "Amor Veneris, vel Dulcedo Appeletur", en *Historia del cuerpo humano*, Edit. Taurus.

de la enferma; cuando tiene actividad sexual, al frotar el órgano sólo con un dedo, el semen[1] fluye de acá para allá más rápido que el aire a causa del placer incluso sin que ella se lo proponga."

Día segundo:

"Este pene femenino[2] parece concentrar en sí toda manifestación del placer sexual en desmedro de los órganos internos, que no presentan ninguna excitación ante los estímulos. Es de notarse que este órgano se levanta y cae como la verga antes y después de la cópula o de la frotación."[3]

Día tercero:

"Esta parte se encontraba dura y oblonga cuando descubrila en mi primer examen y blanda y pendiente después de la frotación cuando la enferma hubo de alcanzar el frenesí venéreo.

"El reposo dura poco tiempo, alzándose nuevamente en el curso de algunas pocas horas después de las frotaciones, no viéndose a la enferma con apetito sexual, ni frenesí, ni incitada

---

[1] Nótese que apunta "semen", atribuyendo todavía al órgano un carácter eminentemente masculino.

[2] Resulta , al menos, enigmático el modo en que lo menciona, ya que "pene femenino" pareciera un primer intento de universalizar aquella "anomalía", tal como habrá de decir más adelante; contradicción que denuncia el desconcierto de estas primeras notas.

[3] Este apunte es casi literal respecto del de Jane Sharp que, en el siglo XVII escribió: "...se levanta y cae como la verga y hace que las mujeres estén excitadas y disfruten en la cópula".

al placer o con apetencia de hombre o afición a la verga. *En cambio, cada vez que el apéndice se yergue, la enferma presenta talante triste, mareos y ahogos que sólo cesan después de la frotación y el frenesí venéreo."*

Día Cuarto:

"La enferma mejora. No sufre tristezas ni ahogos y los mareos son menos frecuentes. El órgano permanece durante más tiempo reposado y menos inflamado, como si todos sus padeceres dependieran de éste. Llamaré a esta anomalía Amor o Placer de Venus (Amor Veneris, vel Dulcedo Appeletur).*"*

Día Quinto:

"Es de notar que de este órgano pareciera depender el amor de la enferma y su disposición y voluntad, y por esta causa me es dado suponer que quien ejerza el dominio de esta pequeña verga ejercerá el dominio de su disposición y de su voluntad, por cuanto la enferma se conduce hacia mí como una enamorada, mostrándose proclive a satisfacerme en todo cuanto me apeteciera. Este órgano parece ser la sede del amor y del placer de la enferma. Esta suerte de entrega no depende de ningún atributo que no sea el del saber frotar con arte y acierto y conocer las carnecillas sensibles, como el glande y la cresta inferior de la parte alargada".

Y en efecto, el anatomista sabía sacar partido de su "arte y acierto". Mateo Colón no tenía ningún pudor en lamentarse de su magra paga como catedrático; se quejaba ante Inés como su tocayo de Génova a la reina: *"Y pensaba lo poco que me han aprovechado los veinte años de servicio: no tengo en mi tierra una teja; si quiero comer o dormir, al mesón, a la taberna, y a veces, falta hasta la blanca para pagar el escote. La lástima me arranca el corazón".* Así se lamentaba el anatomista frente a su paciente. Y el alma de Inés, que era misericordiosa y caritativa, se quebraba de piedad.

—¿Os bastan quinientos florines? —preguntaba avergonzada como quien da una mísera limosna.

Entonces, por las noches, después de contar cada moneda de sus "honorarios", el anatomista apuntaba:

"Cuanto más se avanza en la terapéutica, tanto más cautivada se muestra la voluntad de la enferma cuya disposición y obediencia pareciera no tener límite ni colmo."

Y en verdad, el anatomista, después de cada sesión, parecía no tener límite ni colmo. No perdía oportunidad para quejarse amargamente de su infortunio.

—¿Os bastan mil florines? —preguntaba Inés llena de pudor.

Toda la pasión que Inés le prodigaba a Dios recayó por completo en la figura del anatomista. Los versos que otrora Inés escribiera a la Gloria del Todopoderoso ahora tenían un nuevo destinatario. Por las noches, se acostaba pensando en el anatomista; con el anatomista soñaba y el nombre del anatomista sus labios pronunciaban cuando se despertaba por la mañana. Toda su antigua pasión por los pobres, toda su misericordia y fervor, tenían un único nombre. Y un día llegó el momento de la partida. La salud de Inés de Torremolinos estaba, a juicio de su médico, completamente restablecida. De modo que no había razón para permanecer más tiempo en Florencia. El abad agradeció cálidamente los servicios del *chirologo* y su discípulo.

La enfermedad de Inés tenía, ahora, un nombre: Mateo Renaldo Colón.

Mientras cabalgaba de regreso a Padua, el corazón del anatomista latía con la fuerza de la ansiedad. Intuía que algo glorioso acababa de suceder en su vida.

EN TIERRAS
DE LA VENUS

I

"Cariay, Veragua. ¡Las minas de oro, la providencia donde hay oro infinito, donde lo llevan las gentes adornándoles los pies y los brazos, y en él se enforran y guarnecen las arcas y las mesas! Las mujeres traían collares colgados de la cabeza a las espaldas. A diez jornadas está el Ganges. De Cariay a Veragua es tan cerca como de Pisa a Venecia. Yo todo esto lo sabía: Por Tolomeo, por la Sacra Escritura. Es el sitio del paraíso terrenal...", hubiera podido escribir Mateo Colón como su tocayo genovés había escrito a la reina. *"Oh, mi América, mi dulce tierra hallada"*, fueron las siete palabras que mejor describieron la epopeya de Mateo Colón.

El anatomista no iba a tardar en comprender que aquella extraña enfermedad, aquella monstruosa deformidad, era, en rigor, como las Indias Orientales. A su regreso a Padua examinó un total de ciento siete mujeres, entre vivas y muertas. Para su estupor, en todos los casos pudo comprobar que aquella "verga" que había descubierto en Inés de Torremolinos existía, *"diminuta y oculta tras las carnes de los labios"*, en todas la mujeres. Y pudo descubrir, eufórico, que el comportamiento que presentaba esta pequeña protuberancia no era en absoluto diferente de como se comportaba en el cuerpo y en la voluntad de Inés de Torremolinos. El anatomista, extraviado en su propia euforia, había encontrado la llave del amor y del placer. No se explicaba de qué modo aquel *dulce tesoro* había pasado inadvertido durante siglos, no comprendía cómo generaciones de sabios, de anatomistas de Oriente y Occidente, no habían visto jamás aquel diamante que se advierte a simple vista, sólo corriendo las carnes de la vulva.

"Oh, mi América, mi dulce tierra hallada", apuntó el anatomista en el comienzo del capítulo XVI de su *De re anatomica*. Y lo que habría de seguir era una sinfonía épica.

Entre ayes y amor mío, el anatomista acariciaba las costas de las tierras nuevas; como aquellas indias de cobre que salían de la tripa de lo verde y se ofrecían a los dioses barbados mitad hombre, mitad bestia, así se le obsequiaban al nuevo Amo de la Patria de Venus. Así andaba, explorando el genital follaje, la espada en la diestra, las Escrituras en la siniestra y al cuello, la cruz. Avanzaba tierra adentro y un día Dios le dijo: "poned nombre a las cosas" y entonces, en su diario, al final de cada jornada, apuntaba: *"Si me es dado poner nombres a las cosas por mí descubiertas..."* y entonces nombró a las cosas. Y así andaba, circunnavegando la creación de su propia costilla.

Entre ayes y amor mío, besaba la arena de las tierras nuevas y clavaba las banderas y no había palabras para nombrar tanta novedad. No había que combatir indios bravos ni enemigos. Bastaba señalar y decir "esto es mío" y entonces, con la yema de un dedo, de un dedito (*minimo digito*) —Sabio y Perito—, se abrían los follajes para que entrara Su Majestad.

Y así andaba, nombrando y haciendo para sí lo que era de sí, como de Adán era la costilla. ¡Cuánta dulce gentileza! Y así habría de presentar las cosas al mundo: "*Esto, amabilísimo lector, es principalmente la sede del amor en las mujeres*", decía señalando hacia las costas de las tierras de la Venus.

Levaba anclas y entonces ponía proa hacia canales y archipiélagos donde hombre alguno había andado, y a su paso, con el índice en alto, decía: "*Si se toca vigorosamente con un dedito (minimo digito) el semen fluye de aquí para allá más rápido que el aire a causa del placer, incluso sin que ellas quieran*", y entonces era Amo y Señor de las femeninas mareas. Las aguas podían abrirse o cerrarse a su paso. Era Dueño, Patrón y Soberano de la voluntad de Venus, e incluso sin que ella lo quisiera, caía esclava del Supremo.

Y así andaba nombrando por San Juan y San José. Lo mismo da *llamarlo matriz, útero o vulva*, decía y seguía nominando.

El centro de su América tenía por cierto un

nombre: Mona Sofía. No hacía falta recorrer el mundo buscando la hierba que cautivara un pérfido corazón. No tenía que invocar a dioses ni a demonios. No tenía, siquiera, que andarse con galanterías ni procuparse por la seducción. Ahí, al alcance de su mano y sin más esfuerzo que el que significaba frotar con sabiduría y pericia, tenía la llave de las puertas del corazón de las mujeres. Había encontrado la razón anatómica del amor. Caminaba por donde ningún hombre había andado antes. Aquello que desde el comienzo de la humanidad habían buscado los hechiceros, las brujas, los gobernantes, los dramaturgos y, en fin, cualquier mortal enamorado, él, el anatomista, él, Mateo Renaldo Colón, lo había encontrado. Ahora sí, debajo de su índice, Sabio y Perito, tenía para sí la tierra que se había jurado: Mona Sofía.

Y habría de llegar más lejos. Si el alma de las mujeres era un reino que no podía sojuzgarse ni con todos los ejércitos del mundo, la razón era tan simple y evidente que, por su misma transparencia, nadie había visto: el *Amor Veneris*, el origen del amor femenino, era la prueba irrefutable de la inexistencia del alma en las mujeres. Y así lo habría de fundamentar en su *De re anatomica*.

Pero como aquel que se aventura en los valles interiores difícilmente encuentra el camino de regreso, el anatomista habría de perderse definitivamente en el corazón de la selva de su propia costilla.

II

El capítulo XVI de *De re anatomica* fue una epopeya, un canto épico. El 16 de marzo de 1558, Mateo Colón, tal como lo exigían los estatutos de la Universidad para que una obra pudiera ser dada a publicidad, presentó al decano su libro terminado, un cuaderno de ciento quince folios, acompañado de siete láminas anatómicas —una de las obras más bellas producidas en el Renacimiento— pintadas al óleo de su propia mano, en las cuales exponía los mapas de su nuevo continente: el *Amor Veneris*.

El 20 de marzo de ese mismo año, Alessandro de Legnano irrumpió en el claustro de Mateo Colón, acompañado por el párroco de la Universidad y dos guardias de *corps*. El decano le leyó la resolución del Superior Tribunal, en la cual se aceptaba el pedido de Alessandro de Legnano de que se formase una comisión de Doctores para examinar las actividades del catedrático y resolver sobre las acusaciones: herejía, blasfemia, brujería y satanismo. Todos sus manuscritos fueron incautados, igual que el sinnúmero de pinturas que yacían apiladas sobre la pared.

Que Mateo Colón se librara de ser confinado a una celda de la cárcel de San Antonio no ha de atribuirse a la benevolencia de las autoridades, sino al afán de que el proceso no se diera a publicidad antes del fallo de la comisión. El anatomista fue informado de que, según lo disponía la última bula de Paulo III sobre las comisiones doctorales que habían sido elevadas al rango de tribunal supremo en materia de fe, confiriéndoles facultades ambulantes, el proceso habría de tener lugar en la misma Universidad. El tribunal iba a estar presidido por el mismísimo cardenal Caraffa y un delegado del cardenal Alvarez de Toledo.

TERCERA PARTE

LOS HECHOS
DEL PROCESO

LLUEVE

I

Mateo Colón, sentado a su pupitre, mira caer la lluvia del otro lado de la luna minúscula que corona la breve cabecera de su cama. Llueve sobre las diez cúpulas gemelas de la basílica y sobre la pradera que se funde en la línea incierta del horizonte. Llueve una lluvia fina que apenas si moja. Llueve una lluvia mansa y persistente que acosa como un mal pensamiento o como una duda. Como una idea. Como un secreto. Llueve, se diría, una lluvia de siglos. Llueve una lluvia pía, descalza. Llueve una lluvia franciscana. Llueve con la misma leve materialidad de la que están hechos los pies del santo sobre los techos, sobre los pájaros. Llueve, como siempre, sobre los pobres. Llueve lenta pero insistentemente una lluvia que, a fuerza de puro caer, habrá de remover los pies marmóreos de los santos pétreos, oscurantistas. No ha de ser hoy ni mañana. En un momento, en unos días, habrán de arder las antorchas negras, las brasas de las hogueras. Pero llueve. Llueve una lluvia mansa, insistente; como una advertencia o un augurio. Llueve una lluvia amable, piadosa, que, al menos, refresca la llaga en la carne quemada. Llueve una garúa zumbona sobre los campesinos que dan de comer al abad y llueve sobre la estola de Paulo III. Llueve sobre el Vaticano. Y llueve, también, una lluvia tibia, anhelada; gotas que son pequeñas vergas que se cuelan bajo el cerrado escote de las religiosas. Llueve una lluvia germinal. Una lluvia latina.

Mateo Colón mira caer la lluvia nueva. Llueve y entonces, de las entrañas del barro, se exhuman los tesoros de la Antigüedad. Llueve una lluvia arqueológica. Allí, debajo de los pies, surge el antiguo esplendor. Llueve y a fuerza de puro llover, acaba por removerse el suelo histórico que vomita mármoles, libros, monedas. Todo lo que está en la superficie se vuelve, en comparación, trivial y, sobre todo, vulgar. Debajo de la maraña de calles hechas por el azar del puro tránsito, debajo de los villorrios miserables, el agua desnuda el Antiguo y Esplendoroso Imperio que habrá de ser exhumado. Llueve y entonces, desde la tripa de la tierra, surge lo Bueno, lo Bello y lo Verdadero. Llueve y, de puro llover, se deshacen en barro los *condottieri* y, en su lugar, se vuelve a elevar el espíritu de Escipión, de Favio.

Expulsado de su dulce tierra hallada, de su paraíso; exiliado en su claustro, lejos, muy lejos de su "América", de su Patria, Mateo Colón mira llover.

El anatomista mira caer aquella lluvia que, a menos que obre un milagro, habrá de ser la última.

II

El 25 de marzo del año 1558, precedida por cinco jinetes y sucedida por otros cinco guardias de *corps*, llegó a Padua la comisión presidida por el cardenal Caraffa y el delegado personal del cardenal Alvarez de Toledo. Las eminencias fueron alojadas en la Universidad y resolvieron tomarse tres días para examinar los pormenores del caso, antes de dar comienzo al proceso. El decano ofreció a Sus Eminencias el recinto del aula de anatomía para constituir el Tribunal, pero a los ojos de los visitantes resultó demasiado amplio para tan poco número de audiencia; el Tribunal estaría integrado por tres jueces: el cardenal Caraffa, el presbítero Alfonso de Navas —delegado personal del cardenal Alvarez de Toledo— y un representante del Santo Oficio de Padua. La parte acusadora correría por cuenta del propio decano y la defensa del acusado no habría de contar con más auxilio que el de su solo alegato. Además habrían de tenerse en cuenta dos o tres testigos. De modo que Sus Eminencias consideraron más que suficiente el espacio de un aula común.

III

El 28 de marzo del año 1558 se inició el proceso. Según las formalidades del caso, el Supremo Tribunal primero habría de tomar declaración a los testigos de la acusación, en segundo lugar se escucharía la imputación del acusador y, finalmente, el alegato del acusado. El tribunal se propuso ser expeditivo: los testigos estarían presentes pero sin más voz que la que surgiera de las actas notariales previamente labradas. No tendrían derecho a intervenir ni a cambiar sus dichos, bajo advertencia de que podrían ser acusados de dar falso testimonio. De acuerdo con tales formas, el propio notario de la Universidad, Darío Renni, recogió los testimonios que habrían de ser expuestos.

DECLARACION
DE LOS TESTIGOS

PRIMER TESTIMONIO

DECLARACION DE UNA MERETRIZ
QUE DICE HABER SIDO EMBRUJADA
POR EL ANATOMISTA

De pie frente a los jueces, Darío Renni leyó el primer testimonio.

Yo, Darío Renni, procediendo a tomar declaración a una hetaira de los altos de la Taverna dil Mulo, *que dice llamarse Calandra, contar con diez y siete años y habitar en esos mismos antros.*

La dicente declara que el día catorce del mes de junio del año de mil quinientos y cincuenta y seis, un hombre de fiera mirada llegóse a los altos de la taberna y pidió por servicio. Fuéronle mostradas todas las pupilas de la casa y decidióse a cohabitar con una llamada Laverda. La dicente declara que con ella retiróse a los aposentos habiendo pagado tarifa magra, pues era puta vieja y algo enferma; que el visitante salió de la alcoba sin la compañía de la meretriz y despidióse con prisa de la casa.

La dicente declara que sintió viva preocupación por la otra pupila, pues no salió del aposento y ningún ruido surgía de la alcoba. De-

171

clara la dicente que como la otra no apareciera, llegóse hasta el aposento y, junto al lecho, viola yacer. Declara la dicente que al principio pensó que el hombre era cliente disconforme y que vengóse de la otra por hacer mal su oficio y ser vieja y desdentada. Pero vio que respiraba y no tenía herida, ni de hoja ni de palo.

Declara la dicente que cuando la otra despertó del desmayo, le refirió lo sucedido; que el cliente dióle de lamer de la verga y cuando esto hizo vio que éste era el diablo que pedía por su amor y por su alma. Declara la dicente que la otra le refirió que anduvo por los ríos de Caronte viendo demonios fornicadores que metíanle vergas largas por todos los agujeros de su cuerpo por ser mujer de mala vida.

Declara la dicente que no dio crédito a la otra hetaira, pues era puta ya muy vieja que padecía locura venérea.

Mas, a la semana siguiente, aparecióse de nuevo el visitante por los altos de la taberna pidiendo por servicio, que fuéronle mostradas todas la pupilas de la casa y decidióse esta vez por la dicente, que era puta cara y de buena carnadura. Declara la dicente que el cliente era hombre de fina estampa y fiera mirada, que era muy de su gusto y atendióle de buen grado y sin protesta.

Declara la dicente, que el visitante subióse las ropas por arriba de la cintura y pidióle que se sirviera de su verga que estaba dura y levantada. Declara la dicente que lo hizo como mandaba su oficio: con arte y buena maña, y que, al hacerlo, cayó presa del embrujo y se maldijo

de no haber hecho caso de las palabras de La-
verda.

Declara la dicente que aquél era el mismo
diablo que pedía por su amor y por su alma,
que vio toda clase de demonios que obedecían
al maldito, y que todas esas bestias de fiero ta-
lante sometíanse a su amo, poniendo sus ver-
gas gigantescas dentro del ojo del culo de la di-
cente que sufría de gran tormento. Y escucha-
ba que el amo de la bestias le decía que le die-
ra su amor y su alma para que el grande supli-
cio cesara. Declara la dicente que el amo de
las bestias del infierno le pedía por su amor
por ser mala mujer; que su alma le pertenecía
pues había del pecado de la carne su sustento.
Declara la dicente que negóse, a pesar de los
tormentos, a darle su amor, pues había recibi-
do sacramentos y con Dios era su amor y con
Dios era su alma.

Habiéndole sido mostrado el anatomista,
Mateo Renaldo Colón, la dicente declara que
aquél era el hombre.

SEGUNDO TESTIMONIO
DECLARACION DE UN CAZADOR
QUE DICE HABER VISTO AL ANATOMISTA
EN COMPAÑIA DE BESTIAS DEMONIACAS

Yo, Darío Renni, notario de la Universidad de Padua, procediendo a tomar declaración de quien dice llamarse A, tener veinticinco años y vivir en la alquería con esposa y cuatro hijos.

El dicente declara que en oportunidad de encontrarse de caza en los bosques lindantes a la abadía, vio a un hombre que caminaba acompañado por el cuervo. Que el hombre llevaba una gran saca cargada al hombro y en ella guardaba animales muertos que recogía a su paso, conducido por el cuervo. El dicente declara que tal actitud llamó su atención y movido por la curiosidad y el temor decidió seguirlo sigilosamente, pues aquel hombre parecía ser el mismo diablo. El hombre caminó hacia una vieja cabaña ruinosa y abandonada, en cuyo interior vació el repugnante contenido de la saca. El dicente declara que vio, detrás de la ventana, cómo el hombre daba de comer al cuervo de aquella carroña. El dicente vio, horrorizado, sobre la mesa, unas bestias horrorosas: un perro con plumas de pavo junto a un gato con escamas de pez. Que, después de tocarlos, aquellos demonios cobraban vida y se agitaban y movían como locos.

Habiéndole sido mostrado el anatomista al dicente, éste declara que el hombre que vio es Mateo Renaldo Colón.

174

DECLARACION DE UNA CAMPESINA
QUE DICE HABER SIDO EMBRUJADA
POR EL ANATOMISTA

Yo, Darío Renni, notario de la Universidad de Padua, procedo a tomar declaración a quien dice llamarse A, contar diez y siete años y ser esposa de B.

La dicente ocupa junto a su marido la alquería lindante con la Casa Mayor. El manso está administrado por C, quien da fe de lo antedicho.

La dicente declara bajo juramento conocer al Maestro Mateo Renaldo Colón, de quien ha dado fiel descripción. Dice haber conocido su claustro en la Universidad, del cual, también, ha dado leal detalle.

Preguntada acerca del modo en que conoció al anatomista, la dicente declara que violó por primera vez junto a Frai D, en las cercanías de la Casa Mayor, al otro lado de los setos que delimitan las tierras señoriales de su alquería en las tierras tributarias. La dicente declara que después de una extensa caminata que incluyó los alrededores de los talleres, la cocina, el horno, el granero y el establo dentro del perímetro del fics, el fraile y el anatomista se despidieron. El uno caminó hacia la Casa Mayor y se perdió del otro lado de los setos. El otro avanzó hacia el horno donde la dicente cocinaba pan y preguntóle por su señor, después de presentarse por su nombre. La dicente declara que, como el anatomista se lo pidiera, fue a buscar a su marido, quien se hallaba trabajando en la reparación de la abadía, pues era día de trabajo de favor. La dicente declara que el visitante estuvo hablando largo rato con su marido y que las apariencias le indicaban, pues no podía oír el diálogo, que el objeto de la conversación era la propia dicente. Declara que el marido fue en busca del administrador y que, luego, los dos últimos quedaron hablando a solas. La dicente declara que vio cómo el anatomista pagaba con dinero al administrador y que el administrador dio permiso a la dicente para salir de la alquería en compañía y bajo el cuidado del visitante, Mateo Renaldo Colón.

Declara la dicente que, en forma subrepticia y nocturna, fue llevada a los sótanos de la Universidad y que, rodeada de muertos, el anatomista pidióle que se desvistiera y se acostase en una fría mesa de mármol. Declara la dicente que el médico la obligó a separar las piernas y que, siendo así, introdujo un demonio dentro de su sexo. Declara la dicente que en medio de placer y éxtasis al que no podía substraerse porque el demonio que estaba en su sexo le prodigaba inmenso deleite que nunca había sentido, el anatomista ordenaba al hijo de la Bestia que enamorara el alma de la dicente y que su cuerpo ardiera como el fuego de gran caldera. Declara la dicente que enamórose de aquel fiero demonio y del amo que lo animaba alrededor de su sexo guiándolo con un dedo. Declara la dicente que desde aquel día nunca pudo sentir deleite de la verga de su marido, pues su cuerpo preso estaba de aquel fiero demonio.

LA ACUSACION

ALEGATO
INCRIMINATORIO

ACUSACION DE ALESSANDRO DE LEGNANO
A MATEO COLON ANTE LA COMISION
DE DOCTORES DE LA IGLESIA

Asistimos a la vuelta del demonio sobre la Tierra. Podéis verlo por doquier. Hacia donde giréis la cabeza no veréis más que su mísera obra. Asistimos a la conclusión de la profecía de San Juan, cuando tuvo la visión del ángel que encadenaba al demonio y lo condenaba a mil años de destierro en el abismo. Hoy, después de mil años, el diablo ha regresado. Está entre nosotros. ¡Mirad! ¡Mirad a vuestro alrededor! Hoy todos exhuman a los dioses antiguos. ¿Acaso habremos de reemplazar a Santa María por Venus? ¿Acaso volveremos a adorar a Baco y enterraremos a San Juan el Bautista? Basta con mirar las iglesias: ¡todas repletas de antiguos dioses paganos! Entonces os digo: ¿qué puede esperarse de la humanidad si la casa de Dios ha sido convertida en la casa del demonio? Escuchad, nada más, las vulgaridades que se hablan en las plazas y las ferias y decidme en qué se diferencian esos chismes de la prosa de los nuevos "literatos" que hasta ignoran el latín y el griego: indolencia, liviandad de conciencia, anécdotas vulgares, chistes y toda clase de obscenidades, es a lo que llaman hoy literatura. ¡Alerta! El demonio anda entre nosotros. Es la hora de la rebelión del hijo contra el padre, del discípulo contra el maestro. Tenéis que ver a la horda de pequeños anatomistas de la Universidad que presido: hasta se han negado a jurar por la magistral palabra del catedrático. Ya nadie escucha con respetuoso silencio y hasta se burlan de nosotros en nuestras narices. Si vierais con qué liviandad se habla de Dios, con la misma helada distancia con que se habla de la germinación de las legumbres. ¡Si cualquiera se declara ahora ateo, como quien menciona la preferencia de un plato sobre otro! Os digo: ¡Alerta! El diablo se ha liberado de su cautiverio y está entre nosotros.

Hoy el diablo se ha vestido con el sayo de la ciencia. Hoy, los falsos profetas se proclaman científicos y artistas. ¿Acaso habremos de esperar cruzados de brazos a que un buen día los nuevos pintores, escultores, anatomistas, reemplacen a nuestro Señor Jesucristo y erijan en fino mármol la imagen de Lucifer sobre los púlpitos?

De nosotros, los cristianos, depende ahora saber distinguir la Verdad de la farsa.

Acuso al reo de perjurio, pues a su juramento ha faltado. Os recuerdo los votos que juró observar el día que recibió los títulos de médico:

"Juro por Dios poniéndolo como testigo, dar cumplimiento en la medida de mis fuerzas y según con mi parecer a este juramento y compromiso: tener al que me enseñó este arte en igual estima que a mis progenitores, compartir con él mi hacienda y tomar a mi cargo sus necesidades si le hiciere falta; considerar a sus hijos como hermanos míos y enseñarles este arte, si es que tuvieran necesidad de aprenderlo, de forma gratuita y sin contrato; hacerme cargo de la preceptiva, la instrucción oral y todas las demás enseñanzas de mis hijos, de los de mi maestro y de los discípulos que hayan suscrito el compromiso y estén sometidos por juramento a la ley médica, pero a nadie más. Haré uso del régimen dietético para ayuda del enfermo, según mi capacidad y recto entender; del daño y la injusticia le preservaré. No daré a nadie, aunque me lo pida, ningún fármaco letal, ni haré semejante sugerencia. En pureza y santidad mantendré mi vida y mi arte. A cualquier casa que entrare acudiré para asistencia del enfermo, fuera de todo agravio intencionado o corrupción, en especial de prácticas sexuales con las personas, ya sean hombres o mujeres, esclavos o libres. Lo que en el tratamiento, o incluso fuera de él, viere u oyere en relación con la vida de los hombres, aquello que jamás deba trascender, lo callaré teniéndolo por secreto. En consecuencia, séame dado, si a este juramento fuere fiel y no lo quebrantare, el gozar de mi vida y de mi arte, siempre celebrado entre todos los hombres. Mas si lo transgredo y cometo perjurio, sea de esto todo lo contrario".

Acuso al reo de perjurio, por cuanto ha faltado a cada palabra de su juramento, deshonrando y profanando el oficio para el cual fue instruido en esta Casa.

Acuso al reo de satanismo y brujería. Todo cuanto yo pueda deciros es poco frente a las pruebas que el propio reo os ofrece: habéis oído las declaraciones de los testigos; habéis leído todo lo que obra en actas y habéis visto las pinturas que el reo ha hecho con sus manos. Pero la prueba más concluyente es la propia palabra del acusado. El descubrimiento que se arroga no es más que un diabólico embuste. ¿De qué otra forma puede llamarse al pretendido Amor veneris? *El acusado se atribuye haber encontrado el órgano que gobierna la voluntad, el amor y el placer en las mujeres, como si la voluntad del alma y el placer del cuerpo pudieran ponerse en un pie de igualdad. ¿De qué otro modo que "diabólico" puede llamarse a quien pretende encumbrar al Diablo en las alturas de Dios?*

En cuanto a lo estrictamente anatómico, ¿qué es el pretendido Amor Veneris? *Palabras, nada más que palabras. Podéis buscar y rebuscar en los femeninos genitales, que no encontraréis ningún* Amor Veneris, *ningún órgano que no haya sido ya descrito por Rufo de Efeso, por Avicena o por Julio Pólux. Acaso el* Amor Veneris *no sea más que la* nymphae *que señala Berengario o el* praputio matrices *que ya en siglo X describiera el árabe Haly Abbas. Os digo entonces: palabras, nada más que palabras.*

182

¿O quizá el "descubrimiento" del acusado sea el tentigenem *que menciona Abulcasis?* Palabras, diabólicas palabras.

Pero habré de dejar mi acusación al propio reo. Escuchad su defensa y hallaréis en sus propias palabras las pruebas de lo que os digo.

LA DEFENSA

I

El 3 de abril fue la fecha fijada para que el acusado presentara su alegato. Mateo Colón ingresó en el aula donde se había constituido el Supremo Tribunal sin otra compañía que la de su propia convicción. Llevaba puesto un *lucco* de lana, la estola sobre los hombros y una *foggia* que le cubría la cabeza y la mitad de la frente y que sólo se quitó cuando hubo estado frente al estrado. A la diestra de los jueces estaba su acusador, el decano Alessandro de Legnano. El cardenal Caraffa le recordó los cargos que pesaban contra su persona y, cumplida esta formalidad, se le ordenó que diera inmediato comienzo a su alegato.

Todas las miradas convergían sobre su apesadumbrada estatura. De pie frente al jurado, no encontraba las palabras; en rigor, durante su cautiverio había ensayado tantas formas que ahora no acudía ninguna en su auxilio.

II

ALEGATO DE MATEO RENALDO COLON
ANTE LA COMISION
DE DOCTORES DE LA IGLESIA

Aunque las circunstancias no parezcan las mejores ni las más apropiadas, quiero comenzar por deciros que representa un alto honor para mi humilde persona el que Vuestras Excelencias se dignen prestar atención a lo que habré de exponeros. Y si esto os digo, lo hago en la íntima convicción de que, en circunstancias menos apremiantes que las que el destino me deparó, vosotros mismos hubierais acogido de buen grado mi obra y mi descubrimiento bajo vuestra inestimable protección. Soy de aquellos que creen que las cuestiones relativas al cuerpo deben demostrarse, antes, de manera teológica, por cuanto nada existe por fuera de Dios. Mi oficio, el de la anatomía, no es otro que el de descifrar la Obra del Todopoderoso y, de ese modo, adorarlo. Vosotros, teólogos esclarecidos, sabéis no sólo por la fe, sino también por la razón. Ni una sola palabra de las que habéis leído de mi obra tiene otra razón más que la fe. Quiero deciros con esto que las Sagradas Escrituras no son solamente papel impreso; cada vez que me es dado examinar un cuerpo, veo en él la Obra del Altísimo y en cada ápice de aquel cuerpo puedo leer la Sagrada Palabra y mi alma se conmueve.

Antes de exponeros mi alegato, quiero deciros que no pierdo las esperanzas de que, después de escuchar mis palabras, tomaréis bajo vuestra sabia protección el descubrimiento que me fue dado establecer y el testimonio que constituye mi De re anatomica.

Entiendo que algunas de mis afirmaciones, puestas en boca de mi acusador, puedan pareceros no más que aventuradas quimeras. De mis consideraciones anatómicas pueden deducirse ciertos otros conceptos concernientes a la moral. Quiero deciros: presentar una tesis sobre el cuerpo implica, por fuerza, otra acerca del alma. Mis descubrimientos son anatómicos; si la exposición de las funciones de los órganos que describo y a los cuales atribuyo determinadas funciones, conducen a una doctrina metafísica, pues dejaré entonces a los filósofos desprender una de otra. Yo, modestamente, no soy más que un humilde anatomista cuyo propósito no es otro que el de interpretar la obra del Altísimo y de esa manera, alabarlo.

Me adelanto a deciros pues, que, tal como estoy convencido de que así lo interpretaréis cuando concluya mi alegato, nada de lo que está escrito en mi De re anatomica, y nada de lo que habré de exponeros, contradice las Sagradas Es-

crituras y, por el contrario, siempre me he inspi-
rado en la Verdad que de ellas surge.

Permitidme que, para ordenar mi exposición
y para que resulte lo más inteligible que me es
dado, divida mi discurso en diez y nueve partes.

PARTE PRIMERA
De por qué la *kinesis* no es un atributo
del alma y sí del cuerpo

Dejadme, entonces, dar un pequeño rodeo
por ciertas cuestiones atinentes al cuerpo y sus
funciones elementales y permitidme que os ex-
ponga algunas de las relaciones que he podido
establecer.

El anatomista, de pie frente al estrado, hizo un largo y deliberado silencio buscando
suscitar la mayor atención de los miembros
de la comisión.

Concededme el favor de observar a aquellos
autómatas —dijo señalando en dirección a la
ventana, del otro lado de la cual podía verse claramente la torre del reloj y, en ese preciso momento, como si lo hubiese premeditado, co-
menzaron a sonar las campanas—, *mirad el*
movimiento de aquellos hombres de bronce —in-
sistió y no sólo consiguió concitar el interés de
los Doctores, sino que aquello parecía haber sucedido por la sola voluntad del exponente—,
mirad a aquellos hombres que golpean las cam-
panas y observad, también, el reloj al que flan-

188

quean, pues de esto os quiero hablar: del movimiento. *Empezaré por deciros que aquella máquina precisa, puntual, no difiere en absoluto del principio que gobierna el movimiento del cuerpo de cada uno de nosotros.*

Igual que aquellos autómatas, estamos hechos de materia y esta materia responde a una forma. Y, del mismo modo que aquellos, la materia está animada por alguna forma de kinesis que imprime el movimiento. Es éste un punto de límite entre la anatomía y la filosofía, pues pareciera que la pregunta por aquello que gobierna el movimiento del cuerpo implica, de hecho, una respuesta metafísica.

—Sabido es que el alma gobierna los movimientos del cuerpo, no nos decís nada nuevo...

Pues me estáis obligando a adelantarme. Solamente diré que lamento tener que contradeciros pero, a mi juicio, nada del alma interviene en esta mecánica, como ningún alma gobierna el movimiento de aquellos autómatas del reloj. Pero os suplicaría que me dejéis continuar en el orden que tenía previsto. Antes de daros mi punto de vista acerca del alma, quiero exponeros un hallazgo hecho por mí y que, afortunadamente, nadie ha puesto en tela de juicio. Hablo de mi descubrimiento sobre la circulación pulmonar. Allí describo de qué manera la sangre que queda comprimida en las concavidades del corazón cuando éste se dilata, busca una salida hacia un lugar mayor y pasa con fuerza de la concavidad derecha a la vena arteriosa, y de la concavidad izquierda a la arteria mayor.

Cuando luego de la dilatación el corazón vuel-
ve a contraerse sobre sí, entra la sangre nueva
desde la vena cava hacia la cavidad derecha y
desde la vena izquierda. Existen, en la entrada
de los cuatro canales pequeñas carnes que per-
miten la entrada de más sangre sólo por las dos
últimas y salir de él por las dos primeras.

PARTE SEGUNDA
De los *fluidos kinéticos*

Ahora bien, dejadme que os exponga cómo se
mueven las partes del cuerpo y veréis cómo el
gobierno de la kinesis *muscular no depende en*
absoluto del alma, sino del propio cuerpo. Per-
mitidme que os presente unos minúsculos cuer-
pecillos que habitan en la sangre y a los que he
llamado "fluidos kinéticos"[1]. *Son estos fluidos,*
que se mueven a grandes velocidades, los que
pasan de la sangre que viene del cerebro a los
nervios que se conectan con la musculatura.
Los músculos conocen sólo dos formas de mo-
vimiento: la contracción y la dilatación. Y para
que un músculo se estire, debe haber un opues-
to que se contraiga y, ambos, en distintas pro-
porciones, debieron haber recibido de este flui-

---

1 Los *fluidos kinéticos* que describe Mateo Colón son sor-
prendentemente análogos a lo que Descartes habrá de llamar
"espíritus animales" en el *Tratado de las pasiones*. No sería de
extrañar que el filósofo francés se hubiera inspirado en Mateo Colón.

do proveniente del cerebro. No estoy hablando de ninguna causa metafísica pues estos fluidos kinéticos, como os dije, están hechos de sustancia. Y es precisamente esta sustancia la que llena o vacía los músculos para que éstos se contraigan o se dilaten. Este y no otro es el principio del movimiento. Así, los fluidos kinéticos habitan en los músculos circulando dentro de ellos y pasando de unos a otros, dilatándolos y contrayéndolos. Debo deciros, sin embargo, que esto que os acabo de describir es solamente el principio de la kinesis; sin embargo, aún debo ilustraros cómo se constituyen los nervios que son los que dirigen esta mecánica para que sea ordenada y no caótica. La siguiente exposición será, a la vez, mi defensa a lo dicho por uno de los testigos de su excelencia —dijo dirigiéndose al decano— *en cuya declaración se me acusa de acompañarme, Dios me guarde, de bestias demoníacas.*

PARTE TERCERA
De las bestias demoníacas

El anatomista caminó hasta su silla y volvió al estrado con una saca cargada al hombro.

Esta es la saca que vio el cazador —dijo levantándola en peso hacia la comisión—; *efectivamente, no constituye un secreto para nadie que todas las mañanas voy al bosque lindero a la alquería para recoger piezas de animales que*

191

luego disecciono y diseco para examinar. Pero no quiero distraeros de lo que os estaba exponiendo. Permitidme que os ilustre lo que acabo de explicaros acerca del movimiento —dijo, e inmediatamente se dispuso a desatar el nudo de la saca. En ese momento, el cazador que había presentado su testimonio y que permanecía sentado en la sala junto a los demás testigos se puso de pie y, nerviosamente, pidió permiso para retirarse, cosa que, desde luego, le fue negada. Los Doctores miraban al anatomista no sin cierta evidente preocupación por lo que habría de extraer de la saca. En la sala se había levantado un creciente murmullo. Mateo Colón metió la mano hasta el fondo del costal y, cuando sacó su contenido y lo exhibió, el murmullo se hizo un alarido general, a la vez que el cazador prorrumpía en gritos de pánico:

—¡Allí tenéis al demonio, es uno de los que vi! ¡A la hoguera! ¡Llevadlo a la hoguera!

El anatomista sostenía por las patas una bestia realmente horrorosa. Era una suerte de lobo que exhibía un par de colmillos inmensos detrás de los belfos fruncidos. En lugar de pelos, tenía plumas rojas en toda la cabeza, lo cual le confería una apariencia flamígera y el resto del cuerpo estaba recubierto de escamas doradas. Sobre el lomo presentaba dos aletas como de pez. Público, testigos y hasta jueces estuvieron a punto de huir a la carrera, cuando vieron que, en el momento en que el anatomista se disponía a dejarla en el suelo, la bestia abría un par de alas inmensas y prorrumpía en unos rugidos como de león.

A punto estuvo Mateo Colón de ser linchado allí mismo de no haber sido porque nadie se atrevió a acercársele, de miedo a ser atacados por la bestia.

Nada debéis temer. Esta es la bestia que el testigo confundió con un demonio. Podéis comprobar que es pura materia inerte —dijo exhibiéndola a la comisión, cuyos miembros habían dado un precavido respingo—. *Nada puede hacer por propia cuenta pues es pura sustancia inanimada. Yo mismo lo he fabricado. Mirad. No es más que un lobo embalsamado al cual le quité las pieles y, en el lugar vacante de los pelos, en los poros, inserté plumas de gallo y escamas de peces pintadas. En cuanto a las aletas y las alas, están cosidas con hilo y aguja.*

—Todos vimos cómo se movía por cuenta propia y todos escuchamos el rugido.

Pues de eso se trata, precisamente, mi exposición. Si me permitís, os explicaré, usando esta bestia artificial, cómo se produce el movimiento. Nadie pensaría que aquellos autómatas que golpean la campana del reloj cada hora son bestias del demonio. Tampoco ésta lo es. El principio que gobierna sus movimientos es el mismo que el de aquéllos —dijo señalando, otra vez, hacia la ventana, y agregó: *Mirad.*

El anatomista tomó el animal por el lomo y, teniéndolo en brazos, manipuló algo que sobresalía de su vientre. Lo posó en el suelo y, otra vez, la sala se convirtió en un griterío. La bestia se había puesto a caminar de aquí para allá agitando las alas como loca y emitiendo unos rugidos terroríficos.

No temáis. Nada os hará.

—¡Detened ahora mismo esa bestia del demonio! ¡Detenedla!

Escuchando la orden, el anatomista tomó a su animal por el cuello, tocó otra vez su vientre y la bestia quedó quieta y tiesa como un cadáver. Sosteniendo el animal por las patas, Mateo Colón continuó su explicación:

Ya veis que la kinesis *no depende en absoluto del alma. Esta bestia artificial camina, emite sonidos y bate las alas, de forma semejante a como lo hace un animal verdadero. Este animal que, desde luego, no existe en la naturaleza, es, sin embargo, una buena aunque muy rudimentaria imitación del principio que gobierna el movimiento, inclusive, en cada uno de nuestros cuerpos. El propósito con el cual lo he fabricado no es otro que el de probar la verdad de mis teorías.*

PARTE CUARTA

De los autómatas

Os explicaré ahora cómo funciona mi animal. Tal como acabo de exponeros, los nervios actúan sobre los músculos dándoles el movi-

miento —en ese momento, el anatomista descubrió del vientre de la bestia una pequeña manilla de bronce que se ocultaba entre las escamas, tiró de ella y entonces el vientre quedó abierto por una tapa de bisagras—. *Nuestros nervios están constituidos por un par de elementos: las pieles exteriores y la médula interior. Las primeras actúan como una funda o forro sobre la segunda. La contracción muscular no es otra cosa que el efecto de retracción de los nervios. Igual que cuando se tira del extremo de una cuerda, se mueve lo que está unido al extremo contrario. Así es como se mueven los músculos. Nuestro cuerpo cobija innumerables nervios que dirigen los más sutiles movimientos. Yo he reproducido modestamente este principio con apenas veinte "nervios artificiales", hechos con hilos enfundados en forros de tripa, para conseguir veinte movimientos distintos. El principio no difiere en absoluto de la maquinaria de un reloj* —dijo, mostrando al tribunal la concavidad abierta en el vientre del autómata —; *aquí podéis ver la cuerda de espiral que se retrae sobre sí misma y que, al liberarse, transmite el movimiento a todas las partes móviles a través de las cuerdas de las que os hablé. Cierto es que se trata de una precaria imitación, pero ilustra con bastante aproximación lo que intento explicaros. He construido más de diez de estos autómatas siguiendo los principios que he podido observar en el comportamiento de los cuerpos vivos y en las formas interiores de los cuerpos muertos.*

—Escuchad cómo el anatomista se erige en Dios pretendiendo obrar como El Creador —se enardeció el decano dando un salto en la silla y señalando con el índice al acusado.

Su excelencia se equivoca —dijo mansamente Mateo Colón—. *Nosotros, anatomistas, no hacemos más que interpretar la Obra y, en la medida en que conseguimos iluminar allí donde antes había sombras, no hacemos otra cosa que adorar al Creador. La ciencia, tal como yo la concibo, es el medio para entender y entonces adorar Su creación. Mis modestísimas máquinas no son más que torpes remedos comparadas con la Obra del Altísimo y no tienen otro propósito que el de hacer comprensible, al menos, una breve parte de la Creación.*

—Palabras. Puras palabras —interrumpió el decano—. Habéis escuchado con vuestros propios oídos el reconocimiento que acaba de hacer el acusado —y, sonriendo con la mitad de la boca, Alessandro de Legnano continuó—: El anatomista acaba de admitir que para fabricar sus monigotes se ha servido de la observación de cadáveres. No hace falta recordaros que una Bula de Bonifacio VII, que aún no se ha modificado, prohíbe la disecación de cadáveres —dijo el decano, con la convicción de que sus palabras eran incontestables.

Agradezco a Vuestra Excelencia que finalmente convenga conmigo en que mi animal no no es ninguna bestia demoníaca, como hasta recién sostenía, y sí un inofensivo monigote. Es lo que quería demostraros. De modo que el pro-

pio acusador acaba de desestimar por propia cuenta las palabras de su testigo.

El decano, rojo de ira, esta vez no pudo articular ninguna objeción y se limitó a mirar a su propio testigo con un odio feroz, como si fuera el responsable de sus recientes palabras.

En cuanto a la Bula que menciona su excelencia, me permito corregiros; en ella no se lee que "está prohibida la disecación de cadáveres" como decís, sino que "está prohibida la 'obtención' de cadáveres para la disecación", cosa bien diferente. Os recuerdo por qué, sabiamente, Bonifacio VIII vedó tales prácticas, no de disecación, insisto, sino del modo en que se obtenían los muertos. Y vuestra excelencia no ignora que todo comezó, precisamente, en la Universidad que vos presidís ahora y, más puntualmente, en la cátedra de anatomía que a mí me toca regir. En la época de que data la bula, la cátedra de anatomía estaba dirigida por Marco Antonio della Torre y, de seguro, recordaréis los estragos que ocasionó. ¿Quién puede olvidar, acaso, las crónicas de la época? Marco Antonio profesaba un ateísmo sin límites. Cierto es que practicaba la disección de cadáveres humanos sin detenerse en reparos morales, ni en delitos y toda clase de atropellos. Y cierto es que él mismo instigaba a sus aprendices a procurarse cadáveres a como diera lugar. No solamente los compraban a verdugos y sepultureros, sino que los robaban de las morgues de los hospitales y hasta los descolgaban, todavía ca-

lientes, de las horcas de la plaza. También se ha dicho que los sacaban de las sepulturas y que los elegían aún en pie como si fuesen corderos para ser asados. Pero bien sabéis que no es ése mi caso. Sabéis con qué celo guardo a mis alumnos de practicar disecaciones y que los cadáveres que utilizo para tal fin provienen únicamente de la morgue. Por otra parte, tampoco ignoráis que, antes de meter cuchillo a un difunto, diseco decenas de piezas animales. Y como vosotros mismos podéis comprobarlo, mi "bestia del demonio" nada tiene de humano.

PARTE QUINTA
De los cuerpos vivos y de los muertos

Hasta aquí os he descrito de qué modo funciona el cuerpo y, como acordaréis conmigo, nada diferencia esta mecánica del principio elemental que gobierna a aquellos autómatas que veis sobre la torre del reloj. Y os digo: en nada interviene el alma en el movimiento del cuerpo.

—¿Acaso insinuáis que la *kinesis* no es un atributo del alma?

No lo insinúo, lo afirmo categóricamente. La kinesis no está gobernada por el alma. Este error surge de la simple observación de los cadáveres. Al observar un cadáver se cree equivocadamente que la causa de la muerte no es otra cosa que la ausencia del alma, sin embargo, os digo que el calor y el movimiento dependen *únicamente del cuerpo. Baste como ejemplo observar aquella bestia* —dijo mirando fijamente al decano, e inmediatamente señaló en dirección al final de la sala, en cuyo fondo un gato se entretenía descuartizando una cucaracha—, *sus precisos movimientos, mucho más precisos que los nuestros ciertamente, para comprobar que en nada interviene el alma en la* kinesis, *a menos que queráis concederle un alma a aquel animal* —dijo señalando al gato, pero sin dejar de mirar al decano.

El decano, furioso, no acertó a decir nada en contra. Y viendo que nadie presentaba objeciones o, al menos, nadie acertaba a evacuar sus reparos con una frase más o menos clara, el anatomista prosiguió:

El alma se ausenta cuando sobreviene la muerte y por el único efecto de la corrupción de los órganos que mueven al cuerpo. De modo que el cuerpo no muere por falta de alma, sino por la corrupción de algunos o todos los órganos. Dejadme, ahora que os he expuesto algunos aspectos del funcionamiento del cuerpo, que os hable del alma que lo habita.

PARTE SEXTA
De las pasiones del alma
y de las acciones del cuerpo

Y ya que os he hablado del cuerpo, permitidme que continúe refiriéndome a él para deducir el alma de éste. Ya os he dicho que la kinesis *no es una función del alma, sino exclusivamente del cuerpo. Siguiendo la línea que he trazado, me atreveré a ir más allá y os diré que para deducir el alma del cuerpo habremos de diferenciar lo que atañe al movimiento de lo que es ajeno a éste. Si convenís conmigo en que el alma nada tiene que ver con las cosas físicas y sí solamente con las metafísicas, pues debéis concederme que el movimiento, la* kinesis, *es una entidad de la física que atañe únicamente a los objetos materiales. Esta* kinesis *es la que gobierna las acciones de nuestro cuerpo. Y, para diferenciar las cosas del cuerpo de las del alma, diré que si oponemos las acciones del cuerpo a las cosas inmateriales del alma, habremos de deducir, entonces, las pasiones. Y defino a las pasiones como todas las voliciones que no tienen ninguna relación con el cuerpo, sino que se generan y se acaban en la propia alma sin que en nada intervenga el cuerpo. Esto es, que se dan de una manera pasiva en el alma y no activa en el cuerpo. Que no surgen de ningún órgano y no producen la acción de ningún otro órgano, sino que surgen del alma y no producen ninguna modificación sino en el alma. Hago esta distinción entre acciones y pasiones, entendidas ambas en su sentido puro, puesto que también existen pasiones que tienen su origen en el alma pero que comprometen el movimiento del cuerpo. Sin embargo, es preciso distinguir estas pasiones de las acciones pues, si bien producen determinados movimientos en el cuerpo, éstos no tienen otro fin que no resi-*

da en el alma; por ejemplo, cuando el alma necesita manifestar su amor a Dios mediante la oración. Veis de qué manera el cuerpo es, en este caso, sólo un medio para la manifestación del alma y el fin de esta acción no reside sino en el alma. Del mismo modo, pero inversamente, existen acciones del cuerpo que de él surgen y hacia él tienden su fin, pero que, entre el surgimiento y el fin se interpone el alma para evitarlo. Es el caso de aquellas acciones pecaminosas a cuya conclusión se opone el alma. Por ejemplo, cuando los órganos sexuales se han visto estimulados y el alma necesita intervenir para impedir los pecados de la carne. O, igualmente, cuando se ha hecho promesa de ayuno y los órganos digestivos reclaman alimentos, el alma interviene para evitar la tentación del penitente a comer.

PARTE SEPTIMA
Del amor y del pecado

Para ejemplificar lo que os digo, ninguna otra cosa ilustrará mejor mi exposición que lo que concierne al amor. Erróneamente se piensa que las pasiones son las que nos conducen al pecado de la carne. La tentación que acaba en este pecado nada tiene que ver con las pasiones sino, precisamente, con las acciones, pues es este un pecado cuyo origen está en el cuerpo. Habremos entonces de diferenciar el amor, que es un puro atributo del alma, del impulso sexual. El amor es una pasión, pues tiene su origen y su fin en la propia alma, mientras que el impulso sexual se inicia y se completa en el cuerpo. Así, no existe ningún órgano que sirva al amor ni para producirlo ni para extinguirlo, mientras que el impulso sexual tiene una localización corporal evidente tanto en su origen como en su fin. Habréis de convenir conmigo en que el amor más puro es aquel que profesamos a Dios.

PARTE OCTAVA

De la anatomía de las mujeres
y de la moral de los hombres

Y ahora que os he dicho lo que pienso acerca de la mecánica del cuerpo y, en líneas generales, os he hablado del alma, dejadme que os explique una de las premisas que han guiado mi pluma en De re anatomica, *que es la conclusión de muchos años de estudios. Dije alguna vez: "Si la ciencia de la moral estudia el proceder de los hombres, la anatomía habrá de reservarse para sí el estudio del proceder de las mujeres". Dejadme, para que os explique esta frase, que cite al gran Aristóteles. Recordaréis seguramente la magistral enseñanza de Aristóteles en lo que concierne a la procreación. Dice, en su* Metafísica, *que la unión de los sexos hace posible la reproducción del si-*

guiente modo: *el semen del hombre es el que da al ser en formación la identidad, la esencia y la idea, mientras que la mujer aporta únicamente la materia del futuro ser, esto es, el cuerpo. Y dice el gran Aristóteles que el semen no es un fluido material, sino enteramente metafísico. Como ha enseñado el Maestro Aristóteles, el esperma del hombre es la esencia, es la potencialidad esencial que transmite la virtualidad formal del futuro ser. El hombre lleva en su semen el hálito, la forma, la identidad, que hace de la cosa, materia viva. El hombre, en fin, es quien da el alma a la cosa. El semen tiene el movimiento que le imprime su progenitor, es la ejecución de una idea que corresponde a la forma del padre, sin que esto implique la trasmisión de materia por parte del hombre. En condiciones ideales, el futuro ser tenderá a la identidad completa del padre:* "El semen es un organon *que posee movimiento en acto".*[1] "El semen no es una parte del feto en formación", *así como ninguna partícula de substancia pasa del carpintero al objeto que elabora para unirse a la madera, así, ninguna partícula de semen puede intervenir en la composición del embrión; de igual modo que la música no es el instrumento, ni el instrumento es la música. Y sin embargo, la música es idéntica a la idea previa del autor.*

---

1 Aristóteles, *Metafísica*, VII, 9, 1034b.

PARTE NOVENA

De la inexistencia del alma en las mujeres

Lo que quiero deciros es que, si llevamos este concepto del gran Aristóteles a su extremo lógico, veremos que no existe razón para suponer la existencia de un alma en las mujeres.

Este último comentario del anatomista levantó un murmulllo general en la sala. Podían verse asentimientos aquí y allá e, inclusive, algún involuntario gesto de aprobación entre los miembros de la comisión de Doctores.

—¡Anatema! —gritó el decano, poniéndose de pie—. Quién otro que el propio Satán podría pronunciar esas palabras —iba a seguir hablando, pero en ese momento descubrió que ninguna idea acudía en su auxilio. Jamás hubiera pensado que iba a tener que ensayar una defensa de las mujeres. En rigor, no tenía una sola opinión favorable hacia el sexo opuesto. El decano abominaba de las mujeres. Mateo Colón no lo ignoraba. De modo que aprovechó el largo silencio que guardaba el decano para mirarlo, impaciente por conocer su opinión respecto de las palabras que acababa de pronunciar.

—Estáis ofendiendo el Sagrado Nombre de la Virgen —fue lo más incontestable que se le ocurrió.

Permitidme que os recuerde que el milagro le está vedado al hombre. La Inmaculada Con-

cepción es un milagro de Dios obrado sobre María. ¿Pero acaso pretendéis que todas las mujeres conciban como María? Vuestra Excelencia no ignora que Nuestra Señora es única y que también lo es el Hijo de Dios. Y si el hijo de Dios ha tenido un cuerpo sobre esta Tierra, ese cuerpo se lo ha dado María. Sabéis que no hablo del milagro obrado sobre María. Pero allí tenéis el ejemplo de Eva. ¿Acaso ofreceríais a Eva la misma devoción que profesáis a Nuestra Señora? Vuesta Excelencia tampoco ignora que Dios ha castigado en Eva a todas sus hijas por todas las generaciones y que, aun después de María, paren ellas con dolor. No podéis confundir la Santa excepción con la culposa regla nacida del pecado original. Y digo, como Gregorio Magno: "¿Qué se debe entender por mujer sino la voluntad de la carne?".

PARTE DECIMA
Del oscuro proceder femenino

Todo cuanto os he dicho acerca del alma concierne únicamente a los hombres y no a las mujeres. Es ése el motivo por el cual os digo que, si pretendemos comprender el oscuro proceder femenino por el camino de la moral, no arribaremos a ningún resultado, pues no existe alma en ellas. Y por eso os digo, también, que el único camino que nos conduce a la comprensión del comportamiento de las

mujeres ha de ser el de la anatomía. Y no ten-
go dudas acerca de lo que os digo pues, como
resultado de mis extensas investigaciones, he
podido acceder al descubrimiento de un órga-
no existente en la anatomía femenina que
cumple funciones análogas a la del alma de
los hombres y que pueden ser fácilmente con-
fundidas con lo que he llamado pasiones.
Quiero deciros que no existen tales pasiones
en las mujeres, y sí solamente acciones que
tienen su origen y su fin en el propio cuerpo.
Las voliciones que gobiernan el proceder fe-
menino no surgen en ninguna otra parte más
que en el cuerpo y, más precisamente, en el ór-
gano que os he mencionado. Algunos metafí-
sicos y también algunos anatomistas han
buscado en qué lugar del cuerpo podía alber-
garse el alma. Os digo que el alma no tiene re-
sidencia en el cuerpo, sino que deriva alrede-
dor de éste como lo haría un ángel. En lo que
concierne a las mujeres, si queréis reservar
también para ellas algo semejante al alma
masculina, pues deberéis, en consecuencia,
situarla dentro del cuerpo, tal como se encar-
na un demonio. Y os digo que este demonio
tiene su casa dentro del cuerpo, exactamente
en el órgano del cual, ahora mismo, os habré
de hablar. Y me atrevo a deciros que, si pode-
mos explicar el funcionamiento de este órga-
no, podremos, por fin, explicar el oscuro pro-
ceder femenino.

PARTE UNDECIMA

De la existencia de un órgano femenino al que he llamado *Amor Veneris*, que es comparable al alma masculina

Lo que quiero deciros es que existe en el cuerpo de la mujer un órgano que ejerce funciones análogas a las del alma en los hombres, pero cuya naturaleza es completamente diferente, ya que depende únicamente del cuerpo.

Este órgano es, principalmente, la sede del deleite en las mujeres. Esta protuberancia que surge del útero cerca de la abertura que se llama boca de matriz es el origen y el fin de todas las acciones destinadas al placer sexual. Cuando tienen actividad sexual, no sólo cuando se frota vigorosamente con una verga, sino también si se toca con un dedo, el semen[1] fluye de aquí para allá más rápido que el aire a causa del placer, incluso sin que ellas lo quieran. Si se toca esa parte del útero cuando las mujeres tienen apetencia sexual y están muy excitadas, como con frenesí e incitadas al placer y con apetencia de un hombre, se descubre que es un poco más duro y oblongo, hasta el punto de que parece una especie de miembro masculino —sobre este punto habré de ocuparme puntualmente más adelante—. Por tanto, como nadie ha discernido esta protuberancia ni su uso, si es permisible poner nombre a las cosas

---

1 *Así es como menciona al flujo.*

por mí descubiertas, que sea llamada Amor Veneris[1].

Y os afirmo en forma categórica que es en este órgano donde se originan todas las acciones de la mujer y todos los procederes que pudieran semejarse a las pasiones masculinas. Quiero deciros que la mujer se halla gobernada por la influencia del Amor Veneris *y que todas sus acciones, desde las más nobles hasta las más repugnantes, desde las más dignas y honrosas hasta las más viles y despreciables, no encuentran más fuente que el órgano que os he mencionado. Desde la más promiscua prostituta hasta la más fiel y casta esposa, desde la más devota y consagrada religiosa hasta la que practica brujería, todas las mujeres, sin distinción, son objeto del arbitrio de esta parte anatómica.*

PARTE DECIMA SEGUNDA
De la fragilidad moral de las mujeres

Ahora habré de exponeros cómo funciona este órgano y cómo y por qué en cada mujer produce diferentes procederes. Y si interpretáis que es el mío un alegato contrario a las mujeres, os equivocáis, pues, así como el hombre procede según su libre albedrío en virtud del alma que le fue dada, la mujer no es dueña de su proceder, sino esclava de los arbitrios del Amor Veneris. *No a otra*

1 "Amor Veneris, vel Dulcedo Appeletur". Así lo menciona Mateo Colón en *De re anatomica*.

*cosa atribuyo su fragilidad moral, como se verá
más adelante.*

PARTE DECIMA TERCERA
De por qué el semen masculino
es de carácter principalmente metafísico
y de por qué se impulsa por sí mismo

Ya os he expuesto mi teoría sobre los fluidos
kinéticos. *Estos actúan de forma semejante a
como lo haría una voluntad, es decir, dan cauce
a las acciones que gobiernan el cuerpo para que
éste no perezca, como lo son las acciones elementales de alimentación, evacuación, etc. Ya
os he dicho, también, que en un cuerpo que go-
za de la tutela de un alma, las acciones pecaminosas toman un curso diferente de aquel que le
impone la fuente, es decir, el cuerpo. Quiero ha-
blaros ahora del curso y del destino de estos* fluidos kinéticos *que, así como son producidos en
el cerebro, deben, por causa natural, ser evacuados del cuerpo para no intoxicarlo. He descubierto que el cuerpo mantiene un caudal estable
del volumen de estos fluidos y que el mecanismo
más frecuente para que éstos no saturen el cuerpo es el de la evaporación. En un movimiento
cualquiera* —graficó el anatomista, flexionan-
do repetidamente un brazo—, *el fluido que
acude al músculo para contraerlo o para dilatar-
lo, se evapora en el mismo momento de la accción
por obra del calor que este movimiento insume.
Esto es así en las acciones más simples; sin em-*

bargo en las acciones más complejas, donde es necesaria la intervención del alma, las cosas se complican un poco. En el deseo sexual, cuando surge la impulsión hacia la cópula, el cuerpo produce gran cantidad de fluidos kinéticos que viajan, según la mecánica que ya os he descrito, hacia los órganos sexuales, facilitando la apertura de las venas y la dilatación de los músculos para que la sangre ingrese en la verga y se ponga dura. El semen, como ha dicho Aristóteles, es de carácter metafísico, aunque necesita de una parte material para impulsarse desde la verga hacia afuera. Esta parte material del semen, que es la que nos es dado ver, no es otra cosa más que fluidos kinéticos en estado puro. No a otra cosa podemos atribuir el que salte con tanta energía como la lava de un volcán. El semen no sólo tiene por función guiar a los espíritus, sino, además, liberar al cuerpo de todos los fluidos kinéticos que éste ha producido para la cópula, dado que, si permanecieran en él lo intoxicarían, generando graves enfermedades. Ahora bien, ¿qué sucede con estos fluidos cuando la acción es interrumpida por gracia de la voluntad del alma?

PARTE DECIMA CUARTA
Del alma y del apetito sexual

Según la mecánica que me fue dado establecer, el apetito sexual surge en el hombre cuando los órganos de la vista o el tacto son excitados por un objeto externo de orden tentador y

210

pecaminoso, esto es, una mujer o una representación de ella (es fácil comprobar que una pintura que representa a una mujer bella produce idéntico proceder). Esta excitación que surge de los nervios más externos (del ojo, por ejemplo) libera los fluidos kinéticos depositados en los músculos y éstos viajan al cerebro como lo haría un mensajero. Allí, en el cerebro, se producen más fluidos kinéticos que viajan hasta los órganos sexuales, como ya os he dicho, para henchir la verga y dar ánimos a todos los músculos que intervienen en la cópula. La mayor parte de estos fluidos se deposita en los testículos y en la verga como semen. En este punto es cuando interviene el alma y censura las acciones. Pero dado que el semen es, como ya os he dicho, de origen metafísico, la mayor parte de su volumen está constituido por puros espíritus. Si observáis el semen después de un tiempo de haber sido liberado, veréis que su volumen se reduce ostensiblemente hasta su décima parte. Esto es así porque los espíritus que lo habitaban han regresado al alma. De modo que cuando el alma pone fin a las acciones de origen pecaminoso, transforma estas acciones del cuerpo en pasiones del alma. ¿A qué otra cosa podemos atribuir el que, cuando para evitar la tentación, si se reza fervientemente a Dios, el apetito sexual se extinga por completo y la verga vuelva al estado de reposo, siendo que estaba llena de líquidos seminales? Si llenáis una tripa con agua a punto de que se hinche por completo, ésta no podrá deshincharse, a menos que la liberéis del agua o que reviente por la

211

presión. *Pero ya veis que esto no sucede con la verga que, por obra del alma, puede volver al reposo sin que el semen salga de ella, esto es, sin haber llegado a la conclusión de la acción de origen pecaminoso. Resulta evidente el carácter metafísico del semen puesto que es el único fluido que no necesita ser evacuado; no sería posible posponer indefinidamente la evacuación de las materias fecales y urinarias, mientras que el semen, después de haber sido producido, no necesita imperiosamente ser expulsado. Y esto se debe a que su esencia está hecha de espíritus provenientes del alma, y que a ella vuelven cuando ésta no permite que sean liberados. No debemos sentirnos avergonzados de vernos llamados a la tentación; por el contrario, cuantas más veces hayamos podido liberarnos de ella, tanto más grandes y numerosas serán nuestras pasiones del alma.*

PARTE DECIMA QUINTA
Del apetito sexual en las mujeres y de la ausencia de la guía del alma

Ahora bien, ¿qué sucede en el cuerpo de la mujer cuando se encuentra excitada y con deseo de una verga, siendo que no existe en ellas un alma que transforme los líquidos seminales originados en estas acciones, en pasiones del alma? El semen de la mujer es mucho más espeso y pesado que el del hombre, pues en medio de sus partículas no hay espíritus como en el

212

del hombre, es decir, son puros fluidos kinéticos. *El proceso de excitación sexual en la mujer es diferente al del hombre. Ya os he dicho
que este proceso se inicia, en el hombre, en los
órganos sensitivos que han sido excitados por
un objeto pecaminoso, es decir, una mujer. De
modo que el hombre es el sujeto de la incita-
ción e, inversamente, la mujer es el objeto de
esta tentación. Así, como una cosa no puede
ser, a la vez, la otra, el sujeto no puede ser el objeto al mismo tiempo. Lo que quiero deciros es
que el proceso de excitación sexual de la mujer
no se inicia en los órganos sensoriales por la visión de un hombre, sino que se da espontánea-
mente y de manera natural, y tiene origen en el
interior del cuerpo y, más precisamente, en el
órgano que ya os he descrito. La mujer es,
siempre, el objeto del pecado. Lo que os estoy
exponiendo en téminos anatómicos, no es nuevo en términos morales: allí tenéis, otra vez, el
ejemplo de Eva que es el objeto de la tentación,
cuyo sujeto es Adán. Pero a este último punto
habré de referirme más adelante. Permitidme
que continúe con mi exposición sobre el origen
y el destino del deseo sexual en las mujeres. El
impulso sexual, que se da de manera natural y
espontánea, se origina en el* Amor Veneris, *haciendo que éste libere* fluidos kinéticos *hacia el
cerebro anunciándole sus deseos. El cerebro,
entonces, libera nuevos fluidos en forma masiva para poner en marcha los mecanismos de
seducción y alimentar, a la vez, a todos los
músculos que intervienen en la cópula. Es así
como se inicia el deseo de verga. Ahora bien,*

como en la mujer no existe un alma que decida sobre estos impulsos, la consecución del pecado será posible, solamente, si consigue, con éxito, tentar a un hombre mediante la seducción. Se diría que la mujer es la fuerza de la voluntad de la carne e, inversamente, que el hombre es la fuerza de la voluntad del alma. Según triunfe una u otro, habrá de darse o no el pecado. Detengámonos ahora en esta segunda posibilidad: ¿qué ocurre en el cuerpo de la mujer cuando no se da el pecado, pues ha triunfado la voluntad del alma del hombre? Ya os he dicho que, en el hombre, los espíritus seminales regresan al alma regulando y manteniendo estable el volumen de los fluidos kinéticos del cuerpo. Sin embargo, ¿qué ocurre con todos los fluidos seminales de la mujer cuando, después de haber sido producidos, no pueden ser liberados ni convertidos en pasiones del alma?

PARTE DECIMA SEXTA
De la acumulación de *fluidos kinéticos*
en las mujeres

Lo primero que es posible observar es un aumento del tamaño del Amor Veneris, pues todos estos jugos se depositan allí. En algunos casos que me fue dado observar, esta pequeña protuberancia puede alcanzar un tamaño semejante al de la verga de un niño. Por fin, cuando estos líquidos ya no pueden ser conte-

nidos, no son expulsados hacia afuera, sino hacia adentro del cuerpo produciendo toda clase de males, cosa muy frecuente de ver en las mujeres. Muchas veces, la enfermedad producida por la acumulación de fluidos kinéticos *puede confundirse fácilmente con la posesión demoníaca y, de hecho, si algún lugar del cuerpo elige el demonio para hacer su morada, no dudéis que este sitio no es otro que el* Amor Veneris. *Los antiguos griegos creyeron encontrar en el útero el origen de toda clase de males; por mi parte, no dudo que estas enfermedades no tienen otra fuente más que el órgano que me fue dado descubrir. Ahora bien, si el proceso del deseo sexual se da en las mujeres de manera natural y espontánea, como acabo de deciros, debéis preguntaros por qué existen mujeres que, no siendo ni feas ni decrépitas, no despiertan la tentación en el hombre, ni manifiestan apetito de verga y, por el contrario, son bondadosas y beatas y hasta pueden mostrar amor, entendido éste en su masculino sentido, es decir, casto. Existen diferentes motivos.*

PARTE DECIMA SEPTIMA

De por qué existen mujeres bondadosas y
que no muestran inclinación al pecado

El más frecuente es el de la virginidad. Si jamás probasteis el ciervo, nunca podríais desear comer de su carne. El Amor Veneris *comienza*

215

a ejercer su influencia después que se ha roto el virgo. Es una creencia corriente la de que la pérdida de la virtud es una consecuencia del apetito de verga; os afirmo que la segunda es un efecto de la primera.

—Permitidme que os señale la contradicción en la que vagáis —*intervino el decano*—; si, como decís, la mujer es el objeto del pecado, cuyo sujeto es el hombre y, además, según vuestras propias palabras, la primera, de manera natural y espontánea, despierta el deseo sexual del segundo, ¿qué cosa es la que lleva a la mujer virgen a perder la virtud, siendo que ningún apetito sexual podría nacer de ella, puesto que, como vos decís, vuestro *Amor Veneris* no ejerce su lujuriosa influencia mientras el virgo se halle íntegro?

Vuestra excelencia se ha adelantado a lo que me disponía, precisamente, a exponeros. En efecto, pareciera no existir ninguna razón para que la mujer virgen resigne su virtud, puesto que, mientras el virgo se halle entero, el Amor Veneris *no ejerce ninguna función. Podría argumentar en mi favor que la mujer virgen, cuando es ofrecida en matrimonio, es víctima de la lascivia de su marido, incitándola a la cópula. Sin embargo, me adelanto a la objeción que vuestra excelencia ya tiene, de seguro, en mente. Ya os he dicho que el apetito sexual se despierta en el hombre cuando sus órganos sensitivos fueron excitados por un objeto externo y lascivo, es decir, una mujer cuyo frenesí venéreo se ha desatado en el interior de su cuer-*

po, tentando y seduciendo al hombre. También he dicho que nadie puede desear comer carne de ciervo, si no la ha probado antes. Aquello que mueve a la mujer virgen a perder la virtud, no es el apetito de verga, sino otra apetencia también natural y espontánea; me refiero a la maternidad.

La gestación de un niño requiere de la afluencia masiva de fluidos kinéticos, tanto para solventar el exceso de actividad muscular que se produce durante el embarazo, como para aportar al ser en formación su "quantum" estable de estos fluidos. Ya os he dicho de qué manera explica Aristóteles la concepción: el hombre es el que aporta el alma y la mujer, la sustancia.

Existen para la mujer dos caminos virtuosos: la virginidad y la maternidad; y dos caminos corruptos: el pecado o la enfermedad.

Cuando el hombre se aparta del pecado en virtud de su libre albedrío, aparta también del pecado a la mujer; es el hombre quien debe conducir a la mujer por el camino de la virtud.

PARTE DECIMA OCTAVA

De por qué el *Amor Veneris* es la prueba
anatómica de la génesis de las mujeres
tal como dicen las Sagradas Escrituras

Permitidme ahora que os señale otras particularidades anatómicas del Amor Veneris. *Ya os he hablado de la forma que presenta este ór-*

217

gano y de las funciones e influencias que ejerce sobre el proceder de las mujeres. Como esta excelentísima Comisión habrá podido comprobar, ninguna de mis palabras se desvía un ápice de las Sagradas Escrituras y, por el contrario, no tienen otro propósito sino comprender la magnífica Obra y, de esa manera, alabar al Creador. Por este camino me fue dado establecer, en términos anatómicos, otra Verdad de la que nos hablan los Santos Evangelios. Me refiero a la génesis de la mujer. La anatomía humana es como un libro cuyos caracteres, si se los sabe leer con propiedad, nos revelan de manera asombrosa la Palabra. Os afirmo en forma categórica que el Amor Veneris es la prueba material de la palabra de Dios en los versículos veintidós y veintitrés del Génesis. El órgano del que os hablo es el vestigio anatómico de la procedencia de la mujer; la forma masculina que presenta el Amor Veneris revela que, tal como lo afirman las Escrituras, la hembra está hecha de la costilla del hombre.

PARTE DECIMA NOVENA
De la comparación de la verga con el *Amor Veneris*

He podido ver en vuestras caras el horror, cuando os dije que el órgano que me fue dado descubrir presenta la apariencia de una verga y, además, como ésta, se yergue o se baja. Y en verdad el Amor Veneris se comporta, en apa-

218

riencia, de la misma forma que una verga. Aunque, desde luego, no son en absoluto iguales. La principal diferencia es fisiológica, más que anatómica, por cuanto la verga no es sino un medio, un instrumento, y el Amor Veneris, *una causa. Quiero deciros que el proceder de la verga, según se hinche o se baje, depende de los avatares del cuerpo y del alma —como ya os mencioné—, mientras que del* Amor Veneris *dependen todas las acciones de las mujeres. Otro anatomista, el gran Leonardo de Vinci, ha dicho que la verga tiene vida propia, que es un animal provisto de un alma y una inteligencia independiente de las del hombre y que procede según su propia voluntad. Y dijo que, aunque un hombre desee excitarlo, se niega a obedecer, que se mueve por su cuenta, sin autorización ni deseo del hombre, tanto si éste está despierto, como si duerme y que, en fin, la verga hace lo que le place. Y en verdad, esto pareciera ser cierto algunas veces. Sin embargo, diré que sólo es cierto en apariencia. Cuando, en efecto, la verga se yergue intempestivamente sin que medie una razón, esto es, sin la intervención de un objeto externo y lascivo, esto tiene una explicación diferente de la que nos da Leonardo de Vinci. La causa de que la verga se hinche sin que medie una razón, no es otra que la desviación de* fluidos kinéticos *que han sido producidos para un determinado fin y, por alguna razón, ese fin se ha visto pospuesto o suspendido; por ejemplo cuando nos disponemos para una tarea cualquiera y un suceso inesperado nos impide llevarla a cabo. Según sea la magnitud de aquella tarea, el cuerpo prepara a los músculos para afrontar el trabajo, proveyéndolos de un determinado volumen de fluidos kinéticos. Según la mecánica que ya os expuse, si el cuerpo se ve privado de llevar adelante estas acciones, por algún medio se verá obligado a liberarse de estos jugos. No es difícil reunir uno y otro hecho en relación de causa y efecto; veréis que es corriente y fácil de comprobar que, cuando la verga se ha erguido por su cuenta, esto ha ocurrido después de aplazar una tarea para la cual estábamos dispuestos. Sin embargo, es muy fácil deshacerse de estos fluidos, pues no han producido semen en la verga y, así como se han desviado de su curso natural hacia la verga, pueden volver a tomar otro camino desde ella hacia diferentes músculos y, así, ser evacuados por evaporación, mediante una tarea que demande un volumen semejante de jugos que aquella para la cual estábamos dispuestos. Respecto de por qué, cuando un hombre decidido a pecar, inclusive habiendo pagado para ello, la verga decide no colaborar con él en el pecado, la razón no es ajena a los motivos que os he descrito antes. Sucede que, en determinadas circunstancias, desconocemos los designios que nuestra propia alma le impone a nuestro cuerpo, separándose el alma de nuestra voluntad y obligando al cuerpo a ponerse de su lado*[1].

---

1 Nótese que, en este punto, Mateo Colón desmorona todo su constructo dualista cuerpo-alma, femenino-masculino, pecado—virtud, e introduce un tercer elemento que disocia la voluntad, del alma y del cuerpo, aunque no tiene elementos para fundamentar esta afirmación enigmática.

Ahora bien, todo lo que ha dicho el gran Leo-
nardo referido a la verga, es aplicable, con más
fuertes razones, al Amor Veneris, *por cuanto*
no sólo posee vida, voluntad e inteligencia pro-
pias, sino que, además, esta vida, voluntad e
inteligencia son las que guían el proceder del
ser que este órgano lleva alrededor[1]. *En este*
sentido es como debe entenderse la voluntad y
la inteligencia femeninas: en el sentido del
Amor Veneris.

El hombre debe proceder con la mujer del
mismo modo que su alma procede con su cuer-
po, puesto que el cuerpo del hombre es femeni-
no como su alma es masculina.

Concluyo de este modo mi alegato en la cer-
teza de que todo cuanto os he dicho es de abso-
luta justicia y ni un ápice se apartan mis pala-
bras de las Sagradas Escrituras. Que la justicia
sea conmigo.

1 Es esta la definición de mujer que resulta de la teoría de
Mateo Colón: toda aquella carne que circunda al *Amor Veneris.*

LA SENTENCIA

EL MILAGRO

I

Quienes eran encontrados culpables en primera instancia por las comisiones doctorales difícilmente podían revertir el fallo en los tribunales del Santo Oficio. Sin embargo, un milagro iba a obrar en la suerte de Mateo Colón. El mismo día en que la comisión se disponía a redactar el dictamen condenatorio, llegó a Padua un mensajero que venía desde Roma; llevaba una carta dirigida al presidente de la comisión. El cardenal Caraffa leyó la nota una y otra vez y no pudo evitar la sensación de que el suelo se movía debajo de sus pies. La nota llevaba el sello del papa Paulo III. La salud del septuagenario pontífice se quebraba precipitadamente y, personalmente, había requerido los servicios de Mateo Colón. La fama del anatomista en Roma no era, precisamente, la de quien está predestinado a la santidad, sino más bien la contraria. Pero era un hecho que Mateo Colón se había convertido —por obra de sus detractores— en el médico

223

más renombrado de Europa. Pese a que sus hombres más cercanos intentaron convencer a Su Santidad de que no era una decisión conveniente, aun con el rescoldo de vida que le quedaba, Alejandro Farnese, desde su lecho de enfermo, era todavía lo suficientemente obcecado para decidir sobre su propia salud. Y lo suficientemente temible para imponer su voluntad. Así, la comisión presidida por el cardenal Caraffa se vio forzada a redactar de urgencia un dictamen favorable al acusado. El dictamen favorable de la comisión de obispos recayó sobre la persona del anatomista, aunque no así sobre su obra. Mateo Colón fue declarado inocente y los Doctores decidieron no elevar la causa a los tribunales del Santo Oficio. Sin embargo, la comisión determinó, a la vez, mantener la censura que el decano había impuesto a *De re anatomica*. Una decisión salomónica que, lejos de conformar a las partes, defraudó y a la vez sorprendió a todos. Inclusive a los propios obispos.

El ánimo de los Doctores se inclinaba —como en casi todos los casos y por predisposición natural— hacia el luminoso camino de las hogueras propiciado por el decano. La comisión, habida cuenta del buen predicamento que el decano tenía sobre sus integrantes, le había bajado el pulgar al anatomista aun antes de que hubiera pronunciado una sola palabra en su defensa, y se preparaba para un dictamen despiadado. No porque considerara demoníacas las revelaciones del anatomista;

al contrario, el descubrimiento de Mateo Colón era una verdadera revelación desde el punto de vista de los Doctores; finalmente, el *Amor Veneris* explicaba uno de los más grandes enigmas —y, por cierto, uno de los más oscuros problemas— para la Iglesia: el de la mujer. La cuestión no era únicamnte descubrimiento sino, también, el descubridor. Y, desde luego, resultaría calamitosa la difusión de semejante asunto. Si las cosas eran del modo que proponía el anatomista, el *Amor Veneris* constituía un verdadero instrumento de potestad sobre la volátil voluntad femenina. Ciertamente, la publicidad del descubrimiento conduciría, por fuerza, a toda clase de estragos. ¿Qué pasaría si el hallazgo de Mateo Colón caía en manos de los enemigos de la Iglesia? ¿A qué calamidades no se vería enfrentada la Cristiandad si, del femenino objeto del pecado, se apoderaran las huestes del demonio o, lo que sería peor aún, si las propias hijas de Eva descubrieran que llevan en medio de las piernas las llaves del cielo y el infierno? La lógica del descubrimiento era la siguiente: si el *Amor Veneris* es el órgano que gobierna la voluntad de la mujer, el arte de la medicina será el que proporcione el dominio del lascivo *Amor Veneris*, y, por transitiva, quien gobierne aquel órgano habrá de gobernar la voluntad femenina. Ahora bien, ¿cómo se consigue el gobierno del *Amor Veneris*?; mediante las sabias artes de la medicina o, llegado el caso, de la cirugía. Saber tocar. Saber cortar.

Sin duda, el mejor destino que podía esperar *De re anatomica* era el celoso secreto de la Iglesia e ingresar en los *Indices librorum prohibitorum*. Pero, ¿quién podía asegurar que Mateo Colón guardaría el secreto, aun comprometiéndose bajo juramento? ¿Cómo asegurarse, por otra parte, de que el propio anatomista no habría de usar en su provecho el descubrimiento de su *Amor Veneris*? Pero a la vez, para la propia Iglesia el hallazgo podía resultar un Santo Remedio para guiar al delicado y díscolo rebaño por el camino de la virtud y la santidad, por ejemplo, si se quitara la morada del demonio del cuerpo de la mujer. Si aquel órgano es el responsable del pecado, entonces, ¿por qué no liberar a las mujeres, desde el nacimiento, del lascivo *Amor Veneris*? ¿Acaso los judíos no cortaban las pieles del prepucio? Sus razones tendrían. Pero éstas eran, todavía, puras especulaciones. Lo importante, lo inminente, era silenciar por cualquier medio la publicidad del asunto. De modo que la comisión se dispuso a redactar una sentencia que abriera el camino hacia el tribunal del Santo Oficio.

La obra, sin embargo, no iba a correr la misma suerte que su autor. *De re anatomica* acababa de entrar en los oscuros catálogos de la censura, los *Indices librorum prohibitorum*, que el propio Paulo III había inaugurado en 1543. El anatomista se comprometía, bajo juramento, a no dar a conocer su hallazgo. Era la condición para que Mateo Colón continuara con vida.

El mismo día que el cardenal Caraffa recibió la carta procedente de Roma, el 7 de noviembre de 1558, la comisión de Doctores dio a conocer su dictamen, que, ciertamente, tenía un destinatario.

EL DICTAMEN

I

DICTAMEN DE LA COMISION
DE DOCTORES DIRIGIDA AL DECANO
DE LA UNIVERSIDAD DE PADUA

Habida cuenta hemos de los informes, testimonios y alegatos presentados a esta comisión que promovisteis respecto del regente de la Cátedra de Anatomía, autor de De re anatomica, *el* Chirollogi *Mateo Renaldo Colón, de la Universidad que presidís.*

Esta comisión, a fuer de verdad, no acierta a comprender la animadversión para con vuestro catedrático ni las contradicciones en las que vagáis en las coléricas reflexiones por las que discurrís, si cólera y reflexión pudieran ir juntas. Y quizá esto último sea el motivo de la ceguera que os impide ver las cosas como son.

Señor decano, respecto de las apreciaciones y de los denuestos que ejercitáis contra De re anatomica, *particularmente sobre el capítulo XVII, no podemos más que contar con la versión que vos nos dáis, pues, como decís, "la obra se encuentra bajo mi más celoso poder".*

Empero, nuestra razón no puede abarcar la dimensión del silogismo que exponéis. Primero calificáis de absurdo el descubrimiento de vuestro anatomista; en segundo lugar lo acusáis de plagio y usurpación, pues el órgano en cuestión, según decís, ha sido ya descrito en la Antigüedad por Rufo de Efeso y por Julio Pólux, por los anatomistas árabes Abul Kasis y Avicena, por Hipócrates y hasta por Fallopio. Poneos de acuerdo: o hacemos caso a la primera premisa y afirmamos que no existe tal órgano o atendemos a la segunda y declaramos que es tan conocido como los pulmones.

Por nuestra parte, no tenemos conocimiento de ninguna descripción anterior de tal órgano. No podemos afirmar ni su existencia ni su inexistencia.

Aun si fuese cierta, creemos que vuestro afán (venerable desde luego) por defender los Sagrados Principios y el temor de que tal descubrimiento anime a la herejía y aumente en número a los infieles es honroso aunque equivocado. La Verdad, señor decano, está en las Escrituras y en ninguna otra parte fuera de ellas. La ciencia no revela la Verdad. Es apenas una tibia llama que alumbra la letra de Dios. La ciencia está por debajo de Dios y para hacer comprensible la Verdad. A nosotros los fieles nos basta creer por la fe, pero es imposible que los infieles lleguen a persuadirse de la Verdad si por Razón no se les convence.

Y lo que no veis, señor decano, es que, de ser cierto el descubrimiento de vuestro anatomista, tendríamos frente a nuestros ojos, finalmente, la prueba anatómica de la creación de la mujer, que nos refieren las Sagradas Escrituras. Si prestáis atención a los versículos del Génesis, comprobaréis lo que os decimos.

Finalmente y por todo lo antedicho, declaramos al acusado, Mateo Renaldo Colón, inocente de todos los cargos imputados. Sin embargo, este Tribunal prohíbe la publicación de De re anatomica, según lo dispuesto en los Indices Librorum Prohibitorum.

CUARTA PARTE

LAS SANTAS ARTES

I

El 8 de noviembre de 1558, frente a las indignadas narices de Alessandro de Legnano, Mateo Colón partió hacia Roma con escolta vaticana. El médico personal del Papa viajaba como un verdadero príncipe y todos se dirigían a él como a una eminencia. Ambos —el decano y el anatomista— sabían, sin embargo, que su buena estrella era tan frágil como la salud de Paulo III. Alejandro Farnesio yacía en su lecho vaticano. La barba crecida y despeinada le confería el aspecto de un rabino decrépito. Mateo Colón se arrodilló a un costado de la cama, le tomó la mano y creyó no poder contener el llanto cuando, al besar su anillo, el pontífice, con las últimas fuerzas, lo bendijo en un hilo de voz. Cuando se hubo repuesto de la emoción, el anatomista ordenó que lo dejaran a solas con Su Santidad, cosa que, desde luego, no le fue concedida. Alejandro Farnesio no tenía más humanidad que piel pendiente sobre huesos. Ya era viejo cuando lo nombraron Papa —tenía setenta y dos años— y había sobrevivido a casi todas las enfermedades de este mundo. Ya no era aquel que había conseguido unir a los príncipes de la Iglesia contra los turcos; no era, ciertamente, aquel que, a fuerza de paciencia primero y, lisa y llanamente a la fuerza, después, había logrado, de una buena vez, reunir el Concilio de Trento. No era aquel que, con Santa Paciencia, había tenido que someterse a los caprichos del duque de Mantua, a los del Emperador y al de los protestantes. Y ya no era, por cierto, aquel encendido defensor de los tribunales de la Inquisición, cuyas hogueras consideró insuficientes para purificar las almas de tanto pecador, y a cuyos jueces juzgó pocos y burocráticos, y entonces los multiplicó como Cristo a los peces y a los panes, les confirió facultades ambulantes, los elevó al rango de Tribunal Supremo en materia de fe y nombró delegados en Venecia, en Milán, en Nápoles, en Toscana y en cuanta ciudad se le antojase oportuno. Y no era ya aquel ávido lector que, personalmente, decidía qué libros iban a parar a sus *Indices librorum prohibitorum* o bien a la hoguera —autor incluido, claro—. Alejandro Farnesio ya no era aquel, sino su propio fantasma, decrépito y agonizante. Su mano sarmentosa, cuyo nepótico índice había pretendido secularizar Parma y Piacenza para convertirlas en principados de los Farnesio, descansaba, ahora exánime, entre las manos del demoníaco anatomista cremonés, que acababa de ser rescatado del infierno y llevado al paraíso. Su Eminencia se ponía en las manos de quien, hasta ayer, era la voz de Lucifer y hoy, la mano de Dios.

El estado de Paulo III era verdaderamente preocupante, no solamente para Su Eminencia, sino también para su flamante médico personal, cuya suerte dependía de la salud del pontífice. Después de examinarlo durante horas, Mateo Colón tuvo la inquietante certeza de que no había mucho por hacer; Alejandro Farnesio nunca se había terminado de curar de la enfermedad que, cinco años atrás, lo había puesto al borde de la muerte. En rigor, no se explicaba cómo había podido sobrevivir un lustro. El corazón del Papa latía sin convicción, su tez tenía ya el color de los muertos, hablaba con una voz asmática apenas audible; cada frase le demandaba un esfuerzo agotador y los impulsos de su vieja locuacidad eran sistemáticamente interrumpidos por accesos de unas toses secas que lo sumían en una asfixia que le teñía la piel de violeta. Cuando estos accesos cesaban, volvía al color verde que exhibía desde hacía seis meses. Poco importaban ahora la gota que lo había aquejado casi toda la vida ni los ataques de epilepsia, ni las antiguas jaquecas, ni los horrendos herpes que le surcaban la piel —motivo que lo obligó a usar su semítica barba—. Paulo III se moría. Su Eminencia, personalmente, había despedido al inepto del médico que le había designado el crápula del cardenal Alvarez de Toledo, quien, a decir de Su Santidad, se había propuesto sucederlo cuanto antes fuera posible. Cierto o no, desde que el médico anterior se había hecho cargo de su salud, Alejandro Farnesio, día tras día, desmejoraba calamitosamente. Mateo Colón convino con la opinión de su paciente. En rigor, la terapéutica que le habían impuesto era más nociva que la misma enfermedad; de modo que el nuevo médico papal ordenó que dejaran de hacerle sangrías, pues aquello no tenía otro efecto que agravar la anemia del Santo Padre, dio directivas para que cesaran las enemas que lo dejaban exhausto y prohibió expresamente que le siguieran administrando hierbas vomitivas. La terapéutica adecuada no consistiría, como la anterior, en intentar sacar la dolencia por todos los Santos agujeros, pues, en rigor, la enfermedad del pontífice era una y muy fácil de diagnosticar: estaba viejo. Lo único que había logrado el médico anterior era quitarle los pocos rescoldos de vida que albergaba el cuerpo del anciano Papa.

Mateo Colón dispuso que se juntaran en un frasco todos los pontificios excrementos y, en otro, todos los santísimos jugos urinarios durante un día completo. Por la noche, el anatomista examinó el contenido de los frascos. Olor, color y viscosidad fueron escrupulosamente considerados. Antes de que saliera el sol, Mateo Colón resolvió cuál iba a ser la terapéutica. En efecto, la única enfermedad que presentaba Paulo III no era otra que la de su propia vejez.

El Santo Padre tenía que vivir. Mateo Colón hubiera estado dispuesto a darle al decrépito Alejandro Farnesio la mitad del resto de su propia vida. Pero había otra alternativa.

Paulo III necesitaba sangre joven. Exactamente eso iba a darle.

DIA DE LOS SANTOS INOCENTES

I

El Día de los Santos Inocentes, con el consentimiento de Su Santidad, Mateo Renaldo Colón, flamante médico personal del papa Paulo III, dispuso que se buscaran diez niñas de entre cinco y diez años, bien saludables, por cierto, y las llevaran a su pontificio despacho. Personalmente seleccionó cinco de las diez y las llevó al lecho de Su Santidad. El anciano Papa bendijo a cada una de las niñas, que lloraron de emoción al besar su anillo, luego de lo cual fueron conducidas a una alcoba cercana a la del anatomista, que para ellas había sido dispuesta. Hecho esto, Mateo Colón ordenó buscar a las nodrizas más saludables de Roma. Personalmente seleccionó a las tres que mejor aspecto presentaban. Eran tres mujeres jóvenes antecedidas por sendos pares de mamas magníficas y de admirable complexión. Mateo Colón consideró conveniente comprobar las bondades de la leche de cada una de ellas; personalmente verificó el sabor y la sustancia de la leche que saltaba de abundancia cuando los pezones eran ligeramente estimulados por los dedos del anatomista.

Tres veces al día, Su Santidad era alimentado con la provechosa leche de sus nodrizas; como un niño, se acurrucaba sobre el pecho de su ama de leche de turno y bebía hasta dormirse profundamente. Resultaba conmovedor ver al decrépito Alejandro Farnesio, desdentado y con su blanca barba, cuando era acunado. Esta última terapéutica se mostraba beneficiosa pero insuficiente, ya que la leche de mujer reunía valiosos *fluidos kinéticos*, aunque, finalmente, resultaban escasos para devolver al pontífice un poco de su juventud perdida. De modo que, antes de lo previsto, Mateo Colón hizo comparecer en su despacho al verdugo más avezado de Roma.

El verdugo no pudo evitar molestarse cuando el anatomista le indicó que fuera lo menos cruento posible. Al fin y al cabo, no en otra cosa consistía su trabajo.

Aquella misma noche, antes de que concluyese el Día de los Santos Inocentes, la primera de las cinco niñas fue ejecutada.

Su Santidad, antes de beber el primer sorbo de la infusión hecha con la sangre, hizo un voto por el alma de la niña que, ciertamente, se había anticipado a la suya hacia el Reino de los Cielos y se alegró por su feliz y precoz destino.

—Amén —musitó, y entonces empinó el codo hasta ver el fondo de la copa.

II

Tres veces al día Paulo III era amamantado y, tres veces al día, bebía hasta la última gota de las infusiones de sangre joven que, personalmente, le preparaba su médico. Mateo Colón respiró aliviado cuando pudo comprobar que, en el curso de la primera semana, la salud del Papa mejoraba. La terapéutica no era original, salvo en algunos detalles; en efecto, Inocencio VIII, el papa que se había hecho popular por confesar su virilidad públicamente al reconocer a sus tres hijos —Franceschetto, Battistina y Teodorina—, había sido sometido por su médico a una terapéutica semejante, al llegar a su ocaso la salud de Inocencio, aunque, en aquella oportunidad, había arrojado pobres resultados. Las razones del fracaso no eran difíciles de determinar, a juicio del anatomista: en primer lugar, la leche de las nodrizas era sacada previamente por las criadas y servida en copas, después, al pontífice; sabido era por Mateo Colón que los *fluidos kinéticos* se evaporaban inmediatamente al entrar en contacto con el aire, de modo que la leche tenía que ser sorbida del pezón, tal como lo había dispuesto el Creador para la lactancia. En segundo lugar, la sangre con la que se preparaban las infusiones era extraída de jóvenes varones, cuando resultaba evidente que la sangre femenina era pura sustancia, pura materia, como lo probaba el gran Aristóteles en sus consideraciones sobre la gestación. La sangre de varón resultaba inútil, pues, como era sabido, estaba conformada de puros espíritus y poca sustancia, como el vino.

Como quiera que fuese y váyase a saber a causa de qué arbitrios, la salud de Paulo III parecía restablecerse.

La noticia corrió hasta Padua. Alessandro de Legnano destilaba veneno.

Alejandro Farnesio simpatizaba con su médico personal. Desde luego, tenía sobradas razones, pues, entre otras pequeñas mejoras, había recuperado su antigua locuacidad. Entre cada amamantamiento, el Santo Padre mantenía interminables charlas con Mateo Colón y se dirigía a él como a su hombre de confianza. Por cierto, su antiguo inquisidor, el cardenal Caraffa, sobrellevaba al intruso llegado desde Padua como a un clavo atravesado en la garganta.

EL CIELO
CON LAS MANOS

I

Mateo Colón tocaba el cielo con las manos. Durante su estancia en Roma, el anatomista cremonés produjo su más vasta obra pictórica: los más bellos mapas anatómicos que jamás se hayan hecho, pintados con los óleos más refinados; cientos de apuntes en tinta que representaban su obsesión: el *Amor Veneris*. Y fue durante su estadía en Roma cuando pintó su más sublime y extraña obra: su *Hermes y Afrodita*, título que, sin duda, no puede atribuirse sino a la censura, por cuanto el óleo no representaba la reunión de las dos deidades en un solo cuerpo, sino que evocaba su visión de Inés de Torremolinos cuando el anatomista descubrió su *Amor Veneris*.

Todo era inspiración. Nada estaba fuera del alcance de su mano. Los tormentosos días inquisitoriales habían quedado atrás. Ahora podía mirar a sus antiguos inquisidores desde la diestra del altísimo trono de Paulo III, a quien le había devuelto la vida como Cristo a Lázaro. El oscuro anatomista cremonés era, ahora, la mano de Dios. Su nombre estaba lla-

243

mado a la Gloria. De hecho, vivía ahora en la ciudad del Cielo en la Tierra. Había reemplazado sus viejos *luccos* de lino por otros de seda y su *beretta* de hilo por un fez bordado en oro que, para él, exclusivamente, confeccionó el sastre del Papa. Era un hombre rico; sus honorarios como médico personal del Papa ascendían a la cifra que él mismo creyese justa y, cuando él lo dispusiera, podía acudir a las santísimas arcas; al fin y al cabo, ¿qué precio podía tener la vida de Su Santidad? Nada lo conmovía; nadie llegaba a sus talones. Se paseaba por el Vaticano como si todo aquello le perteneciera. Era la única persona que podía ingresar, sin pedir permiso y cuando se le antojase, en las alcobas papales; el único hombre que podía interrumpir las reuniones; el único hombre que podía darle órdenes al Santo Padre; él decidía a qué hora come Su Santidad, cuándo es la hora de dormir y cuándo la de despertarse, él decidía si era conveniente que Su Santidad recibiera tal o cual visita, él decidía sobre las iras pontificias y el pontifical reposo.

Pero su felicidad todavía no podía ser completa; todas las noches, antes de dormirse, pensaba en Mona Sofía. Sin embargo, sobrellevaba el ansia del encuentro con el sosiego que otorga un título de propiedad. Tenía la certeza de la posesión; no importaba cuantos hombres la pretendieran, ni siquiera cuantos habrían de pasar por su cuerpo. Llegaría el día en que, libre, rico y célebre, subiría los siete peldaños del atrio del *bordello dil Fauno Rosso*, y entonces sí, como un general a cuyos pies se rinde el viejo enemigo, habría de entrar a su anhelada colonia. Pero sabía que tenía que ser cuidadoso y, sobre todo, paciente; debía, en adelante, comportarse como un político.

Nadie en el Vaticano ignoraba la influencia que ejercía Mateo Colón sobre la voluntad de Paulo III. Así lo comprendió su antiguo inquisidor, el cardenal Alvarez de Toledo. Viendo que ya no gozaba de la influencia que otrora ejercía sobre Su Santidad, Alvarez de Toledo decidió acercarse al médico personal del Papa. Bien sabía el cardenal qué palabras le gustaba escuchar al anatomista. Bien sabía cómo halagarlo.

El cardenal Caraffa, en cambio, no podía disimular la antipatía medular, el desprecio que sentía por Mateo Colón. No podía ocultar su profundo resentimiento, ni podía tolerar que le hubiesen soplado en las narices la antorcha que enciende la hoguera.

Como muestra de confianza y de reconciliación definitiva, el cardenal Alvarez de Toledo depositó en las manos del médico del papa su propia salud. Mateo Colón no ignoraba que Alvarez de Toledo era el cardenal con más posibilidades de suceder a Paulo III. En efecto, el cardenal español mucho sabía de negocios.

II

Confiado en su buena estrella, Mateo Colón se resolvió a exponer al Sumo Pontífice la situación de su obra, *De re anatomica* y que, de una buena vez, se levantara la censura que sobre ella había impuesto el cardenal Caraffa.

—Quizá no sea éste el momento —se limitó a contestar Paulo III.

Fue aquella la primera gran desilusión de Mateo Colón. Pero tenía paciencia y estaba dispuesto a esperar.

—Veremos, más adelante, veremos... —fue la siguiente respuesta cuando, seis meses después, el anatomista le recordó su asunto al Papa.

—Hijo, deberíais confesaros, pues habéis cometido grave pecado —dijo paternalmente Alejandro Farnesio—; acabáis de revelarme aquello que, ante la comisión, jurasteis no decir a nadie.

Mateo Colón no salía de su indignado asombro. El mismo le había salvado la vida y así se lo agradecía Su Santidad. Y no solamente le quitaba toda esperanza de ver publicada su obra, sino que, además, se permitía amonestarlo.

Mateo Colón terminó por desear que, de una buena vez, el decrépito e ingrato de Alejandro Farnesio se muriera. Finalmente, él era la mano de Dios y, así como podía dar la vida —tal como lo había hecho con su agónico paciente— también podía quitarla. ¿Acaso no era ya el médico personal del futuro Papa?

Su amistad con el cardenal Alvarez de Toledo se consolidaba día tras día; tenían un mismo anhelo y, cada vez que hablaban de la salud de Su Santidad, no podían evitar una mirada cómplice entre ambos. Jamás dijeron una sola palabra sobre sus secretos deseos; no hacía falta.

III

Una lluviosa mañana, Paulo III amaneció muerto. Fue el propio Mateo Colón quien se ocupó de comunicar la mala nueva. Aquel mismo día se reunió el cónclave. En realidad, nada parecía anunciar ninguna sorpresa. Mateo Colón estaba a un paso de ver, finalmente, su obra publicada. Se aprestaba a besar el anillo del nuevo Papa, su amigo, el cardenal Alvarez de Toledo. Con el ánimo sereno —no había motivos para la zozobra ni la inquietud—, el anatomista almorzó en su alcoba, después de lo cual pidió que lo despertasen a media tarde y se dispuso a dormir.

A media tarde se asomó a la ventana de su alcoba y miró hacia la basílica. Aún no había fumata. Decidió quedarse en sus aposentos, pues no quería escuchar ninguna habladuría de palacio. Entraba la noche cuando volvió a asomarse a la ventana. Sintió una ligera inquietud al no ver ninguna noticia en el cielo del crepúsculo. ¿Por qué habría de demorarse tanto la nueva, si era cosa resuelta? Pero inmediatamente volvió a la calma.

Era noche cerrada cuando el anatomista decidió instalarse en la ventana hasta ver la fumata blanca.

LA ULTIMA CENA

I

Exactamente a la medianoche, la chimenea de la basílica soltó una levísima columna de humo blanco. Todas las campanas del Vaticano doblaron a pique y todas las recovas empezaron a vomitar multitudes que corrían hacia la Plaza de San Pedro. Una bandada de palomas asustadas voló alrededor de la cúpula de la basílica. Todo se iluminó de repente. El corazón del anatomista se animó con una ansiedad largamente contenida. Desde su ventana podía ver perfectamente el balcón de Su Santidad. Rió de emoción como no reía desde hacía muchos años. La multitud reunida pedía a gritos conocer al nuevo Papa. Como semillas que se esparcen en el viento, empezó a instalarse en las bocas el nombre del nuevo Pontífice: habría de llamarse Paulo IV. ¿Pero cuál de los cardenales sería Paulo IV? "Alvarez de Toledo", se leía en los labios de la multitud.

Precedido por un silencio sepulcral hecho de emoción, ansiedad y pleitesía, Su Santidad se asomó al balcón. Mateo Colón reía como nunca había reído. Sólo cuando la exaltación hubo de sosegarse hasta permitirle al anatomista abrir bien los ojos, pudo ver, claramente, el rostro de Paulo IV. El corazón le dio un vuelco en el pecho. Se quedó con la risa petrificada. Aquel que ahora saludaba desde el balcón no era sino el cardenal Caraffa.

Creyó ver, a la distancia, que el nuevo pontífice le dedicaba una mirada.

II

Aquella misma noche Mateo Colón empacó todas sus cosas. No había razón para esperar, no ya la censura definitiva para su obra —que era un hecho—, sino tampoco para suponer que su antiguo inquisidor no habría de ejecutar la sentencia que había quedado en suspenso. Sabía del odio visceral que Caraffa le prodigaba.

Sin embargo, no todo estaba perdido. Reflexionó serenamente y se resolvió de inmediato. Todavía le quedaba su anhelado refugio en Venecia. No había olvidado cuál era la causa de su vida. Y nada en el mundo podía impedir que, por fin, Mona Sofía le entregara definitivamente su corazón. Ahora sí, el anatomista tenía la llave que abría las puertas de la voluntad de la mujer que quisiera para sí. Y aquella mujer era su Mona Sofía.

Además era ahora un hombre rico, dueño de una fortuna que difícilmente pudiera gastar en el resto de su vida. Después de todo, no sería tan difícil huir de las garras de Caraffa. En dos minutos decidió el resto de su existencia: ahora mismo partiría hacia Venecia, iría al *bordello dil Fauno Rosso*, pagaría los diez ducados que le permitirían hacerse del amor de Mona Sofía y de Venecia partiría con ella hacia el otro lado del Mediterráneo, o, si era necesario, a las nuevas tierras situadas del otro lado del mundo, más allá del Atlántico.

Entonces, perdidamente enamorada del anatomista, Mona Sofía se convertiría en la más leal de las mujeres y, por cierto, en la más fiel esposa.

Aquella misma noche empacó algunas ropas y todo el dinero que había ganado en su estancia en el Vaticano. Se echó la *foggia* sobre la frente y, caminando contra la multitud, como un criminal, se abrió paso hasta perderse en la callejuelas de Roma.

A sus espaldas, el Vaticano era una fiesta.

QUINTA PARTE

LA MISA NEGRA

I

La velocidad con que se habían precipitado los acontecimientos desde el día en que se inició el proceso, su impensable ascenso a la diestra del trono de Paulo III, hasta su meteórico descenso y huida del cardenal Caraffa, la rapidez de los sucesos había hecho que Mateo Colón olvidara por completo la carta que, desde su cautiverio en el claustro de la Universidad, hiciera enviar a Inés de Torremolinos. En rigor, se diría que había olvidado por completo la existencia de su antigua mecenas. Pensaba en Mona Sofía como un destino ineluctable; habría de llegar el día —que finalmente y, antes de lo pensado, llegó— en que tuviera que abandonar el Vaticano y entonces viajaría a Venecia, al *bordello* de la calle Bocciari, cerca de la Santa Trinidad, a encontrarse, por fin, con su predestinación. No pensaba en ese momento con ansiedad, sino con aquella irreflexiva conciencia con que se carga la certidumbre de la muerte que nos permite vivir sin una angustia permanente. En su estancia en el Vaticano, sin embargo, no había recordado una so-

la vez la remota existencia de Inés de Torremolinos.

El hecho es que la fatalidad quiso que aquella carta, gracias a los oficios de *messere* Vittorio, llegara a Florencia.

II

Una madrugada de abril del año 1558, un mensajero llamaba a las puertas de la modesta casa lindera a la abadía. Desde el día en que Mateo Colón había partido de Florencia, Inés no había vuelto a tener noticias del anatomista. Desde aquel día no pensaba en otra cosa más que en Mateo Colón, y nada había en el universo que no se lo recordara. Tantas veces, ante la llegada de un mensajero, había tenido la equivocada certeza de que habría de recibir noticias de Mateo Colón, que para evitar más desilusiones, se había propuesto no contemplar aquella posibilidad. Ni siquiera había querido mirar la rúbrica que asomaba desde el lacre que sellaba la cinta del rollo. Caminó hasta la pequeña *sciptoria* cercana al hogar donde ardían los leños. Más allá, las niñas cantaban y correteaban. Sólo cuando hubo terminado de acomodarse en el pupitre, se atrevió a mirar la rúbrica. El corazón le dio un vuelco. Intentando mantener la calma o, cuanto menos, aparentarla, ordenó dulcemente a las niñas que fueran a jugar a su alcoba. Antes de quitar la cinta del rollo, apretó la carta contra su pecho y elevó una plegaria.

Durante tantos meses había esperado aquel momento. Y sin embargo, ahora, después de un sinnúmero de angustias y desilusiones, ahora que por fin podía, aunque más no fuera, acariciar el papel que habían tocado las manos del anatomista, una desazón infinita la embargaba. Algo le decía que nada bueno habría de traer aquella carta. Entonces extrajo la nota de la cinta que la ceñía.

Tuvo que sostenerse del borde del *scriptorium* para no caer de la silla cuando leyó: *"Para cuando esta carta llegue a Florencia, ya no estaré con vida..."*. Sin embargo, con los ojos anegados en lágrimas y el pecho convulsionado por el llanto, siguó leyendo. *"Si consideráis que cometo sacrilegio por decir lo que he jurado callar, detened ahora mismo la lectura y que estos papeles acaben en el fuego..."*, leyó y, aún pensando que el anatomista cometía sacrilegio, continuó con la lectura.

"Si he decidido romper los votos de silencio que me han sido impuestos y si me he resuelto a revelaros solamente a vos mi descubrimiento es porque fue en vuestro cuerpo, mi señora, donde hallé mi dulce 'América'. En vuestro cuerpo hallé la sede del amor y el supremo placer de las mujeres. Y a vos debo agradeceros haber podido revelar la Obra Divina en lo que al amor femenino se refiere. Mi Amor Veneris es vuestro Amor Veneris. No creáis que ignoro cuánto me habéis amado. Y quizá aún hoy sea así. Pero no os engañéis; no es a mí a quien amáis. Ni siquiera sois vos quien me ama.

Cuando os curé de vuestra penosa enfermedad, sin quererlo, la reemplacé por ese amor que me profesasteis. Era en el Amor Veneris *donde residía vuestra enfermedad y es vuestro* Amor Veneris *quien me ama. No os engañéis. Nada soy, mi señora, para merecer vuestro amor.*"

Inés de Torremolinos terminó de leer la carta con una serena impavidez. Todavía tenía los ojos húmedos, pero ahora el corazón latía con una súbita calma. De pronto sus ojos se llenaron de mansa y reposada malicia. Se puso de pie y caminó hasta la cocina. Tomó una cuchilla y la piedra de afilar. Analizó la situación con calma. Se lamentó infinitamente por la supuesta muerte de su amado, se prodigó un sentido pésame y hasta se agradeció las condolencias. Mientras afilaba la cuchilla contra la piedra, podía sentir cómo la razón se le iluminaba con una luz nueva. Muchas veces la habían asaltado negros temores de muerte y locura. Pero ahora, repasando la hoja contra la piedra, se decía que era aquél el momento de lucidez más alta y sublime. No guiaba su mano un impulso místico, ni un arrebato extático. Nunca había estado más serena.

—*Amor Veneris, vel Dulcedo Appeletur* —repetía, mientras pasaba la hoja por la piedra.

Afilaba la cuchilla con la misma serenidad con que todas las mañanas hacía sonar las campanas de la abadía. Ahora, por fin, podría ser dueña de su corazón. Ni siquiera sintió angustia ante el hecho irreductible de que, tal como lo sabía el anatomista, estaba perdidamente enamorada. Tantas horas de angustia hubiera podido evitarse de haberlo sabido antes. ¡Era tan fácil!

Cuando hubo comprobado que la hoja de la cuchilla estaba perfectamente afilada, alzó la vista hasta el otro lado de la ventana y se llenó el alma con aquel paisaje. Fue un corte rápido, preciso. No sintió ningún dolor y casi no hubo hemorragia; apenas un delgadísimo hilo de sangre que rodó por el muslo. Entre el índice y el pulgar sostenía ahora la causa de todos su tormentos. Miró aquel diminuto órgano y con una sonrisa beatífica, dijo:

—*Amor Veneris, vel Dulcedo Appeletur.*

Desde ahora y para siempre, habría de prescindir del amor. Ahora, por fin, era dueña de su propio corazón.

LA RESURRECCION
DE LA CARNE

I

Desde aquel día, nada volvió a saberse en Florencia de Inés de Torremolinos. Ninguna noticia tuvo el abad de su benefectora ni de sus tres hijas, desde aquella mañana de abril en la que un mensajero llamó a las puertas de la pequeña casa lindera a la Abadía. Lo único que el abad halló fueron unos delgadísimos hilos de sangre sobre el suelo de la cocina y, más allá, junto al cuchillo y la piedra, cuatro minúsculos e idénticos gajos de carne, cuatro perlas rojas, cuyo sitio anatómico el abad no pudo precisar. Inés de Torremolinos y sus tres hijas habían desaparecido de Florencia.

A un paso había estado Inés de la santidad. Pero cierto era que un paso también es el que separaba la virtud de la hoguera. Porque, justo es decirlo ahora, Inés de Torremolinos, despues de un breve juicio celebrado en su Castilla natal, acabó sus días en el fuego del Santo Oficio en el año 1559. Nada dijo en su favor.

La prueba que determinó su suerte fue un libro cuyos versos reconoció de su autoría frente al tribunal. Y sin duda, fue un pecado menor comparado con todos los que se le imputaban, y que ella misma reconoció. *Misa Negra* —tal fue el título con que se lo conoció— fue incinerado junto a su autora, e igual que su oscurecida biografía —de la cual apenas quedan vestigios—, sólo unos pocos versos fueron salvados gracias a la tradición oral. De los sesenta que constituían *Misa Negra*, solamente se conocen algunos fragmentos de siete versos.[1]

1 De la versión castellana original y completa nunca se halló un solo ejemplar y, presumiblemente, todos han sido quemados. Los siete versos sobrevivientes son una traducción al italiano que consta en *Antologia Prohibita*. La traducción del italiano corre por nuestra modesta e imperita cuenta.

MISA NEGRA

I
Versos

1

Así ardiera mi carne en la foguera
Así mordiera el amargor de la cicuta,
o en la horca yo muriera, y si así fuera,
aun así, nada me enluta
y me declaro desde agora
de las putas la más puta.

14

En el nombre del amor
todo se entrega al verdugo
Para él facemos el pan
y sólo nos da el mendrugo
Para él parimos los fijos.
Todo en nombre del amor.

Si no sabe facer pan
si no puede parir fijos
—para una su arte es poca
y para la otra, nulo—,
que trague pan por la boca
y faga niños por el culo.

22

El amor para mí era
la enfermedad, el tormento,
daga que hiere y lacera.

....

Si por cantar al amor
no vide más que lamento
y de males de amor moría.

....

43

Os dijeron ¡cocinad!
Aquí os dejo mi receta
que de agora y para siempre
dejará de ser secreta.

Tomaos por desayuno
cuando el sol salga y se yerga
de veinte zagales, uno
de luenga y de gorda verga
y buena leche bebed
que para saciar la sed
mejor que éste, ninguno.

Y a la hora de la misa
dando el cura su monserga,
hostia ni vino consiento
y tomo por sacramento
su divina y presta verga.

II

El primer verso es la síntesis de la tragedia. Es una declaración de principios y, a la vez, una predicción de su destino. Inés de Torremolinos no solamente fue *de las putas, la más puta*; no solamente fue la más cara y la más codiciada de las putas de España. En el larguísimo año de 1559 —más largo que su vida entera—, fundó la casta de putas más perfectas del Mediterráneo. No había que educarlas como a princesas, no había que cultivar su espíritu en el desamor, ni su cuerpo en la abstinencia de placer, ya que nunca habrían de padecer de amor, ni ser esclavas del placer. En el larguísimo año de 1559, Inés de Torremolinos no solamente ejerció y enseñó la prostitución con maestría. Se convirtió en una ferviente evangelizadora de la emancipación de los femeninos corazones. En el larguísimo año de 1559, Inés de Torremolinos hizo con su cuerpo una fortuna muchas veces superior a la que había heredado de su padre y de su difunto marido. Construyó los más espléndidos burdeles y reclutó sus pupilas entre las almas más castigadas. Desde jovencitas irremediablemente enamoradas hasta religiosas de los conventos, todas escuchaban las inflamadas arengas de Inés de Torremolinos. Cada una de ellas tenía en sus propias manos el verdadero albedrío de ser, por fin, dueña de su propio corazón.

Más de mil quinientas mujeres trabajaban en los burdeles de Inés de Torremolinos. Más de mil quinientas mujeres habían tomado el camino de la emancipación y abjurado de la maldición que significaba el *Amor Veneris*. La ablación la practicaba, en todos los casos, la misma Inés de Torremolinos. Ni un solo hombre participaba de las enormes ganancias que dejaban los lupanares. Era aquél un verdadero ejército de femeninas voluntades.

III

Los versos de *Misa Negra* llegaron a ser un temible catecismo. No había una sola mujer que, al escucharlos, pudiera evitar sentirse aludida en alguna de las estrofas: las solteras y las casadas; las viudas y las religiosas; las enamoradas y las desengañadas. *Misa Negra*, por cierto, era un título que aludía a la totalidad de las mujeres, por cuanto se refería a los aquelarres, a los tenebrosos ritos iniciáticos de las brujas. Y, ciertamente, las brujas estaban bien descriptas por la autoridad; en los *Catálogos sobre arpías y hechiceras*, podía encontrarse la perfecta caracterización de la brujas: *"La que hace mal a la otra; la que muestra intento dañino; la que mira de reojo; la que mira de frente con desenfado; la que sale de noche; la que cabecea de día; la que anda con ánimo triste; la que ríe con exceso; la disipada; la devota; la espantadiza; la valerosa y grave; la que confiesa con frecuencia; la que jamás confiesa; la que se defiende; la que acusa con el índice; las que poseen conocimientos de sucesos lejanos; las que conocen los secretos de la ciencia y las artes; las que hablan diversidad de idiomas".*

La prostitución no era delito que pudiera penarse. Pero sí, desde luego, la brujería. El *Catálogo de arpías y hechiceras* tenía para cada zapato su horma.

SEXTA PARTE

SEXTA PARTE

LA TRINIDAD

I

Una madrugada de invierno del año 1559, poco antes de la salida del sol, un manojo de gentes ávidas de calor a causa, quizá, del crudo frío castellano, se reunía en un apretado círculo en la plaza, viendo cómo el verdugo encendía los leños. En el centro, atada al palo de la hoguera, estaba Inés de Torremolinos. A sus espaldas se levantaban otros tres palos, cuyas alturas superaban en mucho las breves estaturas de sus tres hijas.

—Quemad a las brujas —vociferaban las señoras, a la vez que montaban a los niños a horcajadas sobre sus hombros para que pudieran ver la ejemplar ceremonia.

Primero, el verdugo encendió los leños sobre los cuales posaban los pies de las niñas, cuyos gritos —en opinión de los jueces— habrían de multiplicar el tormento de la Bruja Madre. Sin embargo, ninguna de las niñas emitió un solo lamento cuando las ramas se encendieron por completo. Antes de que sus pequeñas humanidades se desfiguraran a merced de las lenguas de fuego que treparon hasta la cima de los mástiles, ya habían muerto asfixiadas.

Se hubiera dicho que aquello que empezaba a asarse con el calor que ascendía desde el suelo, era la insensible piel de una salamandra y no los delicados pies de una mujer. Inés de Torremolinos resistía con una mirada beatífica y su leve humanidad, de no estar sujeta al palo, parecía poder elevarse junto al humo negro que ascendía desde la carne quemada de sus tobillos. Como si estuviera animada por el Todopoderoso, podía resistir sin emitir una queja aquella temperatura que superaba en no menos de mil veces la de su femenino cuerpo.

De pronto, bajo la voracidad de una llamarada avivada por el viento, una lengua de fuego la envolvió, la cubrió por completo y, cuando la llama volvió al infierno de la brasa, dejó ver un cuerpo irreconocible, negro y amorfo. Todavía estaba viva. El verdugo avivó las llamas y pudo ver cómo los ojos de la condenada lo miraban con piedad. Por un segundo, el verdugo creyó ser un hombre o, al menos, algo semejante a un hombre, ya que experimentó un sentimiento próximo a la vergüenza cuando la rea —o lo que de ella había quedado— finalmente murió.

Acababan de doblar las campanas de la basílica.

II

Por aquella misma hora, pero en Venecia, un hombre que ocultaba su cara bajo una *foggia* calzada hasta las cejas caminaba con paso ligero por el callejón de Bocciari. Caminaba como si se hubiese propuesto llegar a su destino antes de que el sol se alzara entre las columnas que sostienen al león alado y San Teodorico. Antes de que los autómatas moros de la torre del reloj golpearan la primera de las seis campanadas. El hombre, antes de emprender los escalones que conducían al pequeño atrio del *bordello dil Fauno Rosso*, se acomodó la *foggia* y se aseguró de que ningún viandante de los que, por aquella hora, iban al primer oficio de la Santa Trinidad lo viese entrar.

Lo recibió *madonna* Simoneta quien, inmediatamente lo invitó a pasar.

—¿Conocéis ya el servicio de la casa? —preguntó, y viendo que el visitante nada respondía, le ofreció el catálogo y lo invitó con una copa de vino, creyéndolo un tímido viajero.

Se diría que el hombre prefería conservar el anonimato, pues no se quitaba la capucha que le cubría la cabeza. Ni siquiera había reparado en la copa que acababan de ofrecerle.

—Necesito ver a Mona Sofía —dijo lacónicamente el hombre.

La mujer guardó silencio y agachó la cabeza.

—Sé que éstas no son horas —se justificó el visitante—, pero es urgente que la vea ahora.

—¿Quién la busca? —musitó la mujer sin levantar la vista.

Mateo Colón no comprendía el porqué de tanta formalidad.

—Soy un viejo cliente... —se limitó a decir.

—Pues no va a poder atenderos...

—Puedo esperar si ahora está ocupada, aunque no tengo mucho tiempo.

El anatomista pudo advertir que los ojos de la mujer se anegaban de humedad. No comprendía. Entonces la tomó por los brazos y la sacudió con violencia.

—¿Que está sucediéndo aquí? —vociferó e inmediatamente corrió hacia las escaleras que conducían a los altos.

—¡Por Dios os lo ruego, no entréis en su alcoba! —suplicó la mujer a la vez que intentaba sujetarlo por el *lucco*.

III

Lo que vio Mateo Colón cuando traspuso la alcoba de Mona Sofía le congeló la sangre. Sintió terror. Experimentó una conmoción apocalíptica. Era, exactamente, el fin del mundo. La alcoba tenía un hedor irrespirable. En mitad de la cama había un despojo sufriente y mutilado, un esqueleto con unos pocos pliegues de piel corrompida, gris verdosa, salpicada de tumores purpúreos. Mateo Colón se acercó sosteniéndose de las paredes. Sólo pudo reconocer que aquel despojo viviente era Mona Sofía en sus retinas verdes como esmeraldas, que ahora sobresalían de la cara confiriéndole una expresión de locura.

Nunca, jamás en su vida de médico había visto un grado semejante de sífilis. Descorrió las cobijas y pudo ver el espectáculo más macabro que le tocara presenciar: aquellas piernas de muslos firmes de animal y torneadas como la madera eran ahora dos huesos inútiles. Aquellas manos que, de tan pequeñas, parecían no poder abarcar el diámetro de un glande inflamado, eran como dos ramas otoñales, aquellos pezones que tenían el diámetro y la tersura de una flor, si la hubiera, que tuvieran el diámetro y la tersura de los pezones de Mona Sofía...

Mateo Colón se sentó en el borde de la cama, le acarició los cabellos —ralos y agostados— y pasó la palma de su mano por aquella frente hecha de surcos. Mateo Colón lloraba. No de pena. No de compasión. Lloraba con la emoción de los enamorados. Amaba cada parte de aquel cuerpo diezmado por la enfermedad. Con la mayor delicadeza tomó sus tobillos y, lentamente, separó sus muslos. Vio la vulva seca y marchita que parecía la boca de una anciana desdentada, descorrió las carnecillas y acarició su *Amor Veneris*. Lo acarició con suavidad, amorosamente. Lo tocó con una ternura infinita. Lloró con la emoción del amor cuando se anuda en la garganta.

—Amor mío —le decía con el alma—, amor mío —repetía a la vez que acariciaba su dulce "América".

El anatomista sintió un levísimo temblor en el pulpejo de sus dedos y pudo escuchar un susurro. Con las mejillas empapadas en llanto, le preguntó:

—¿Me amáis? —y fue una súplica, un ruego.

Mona Sofía movió los ojos hacia la ventana, inspiró todo cuanto le permitieron sus dolientes pulmones —no más que una ínfima bocanada de aire— y sin mover los labios, con una voz que parecía provenir del fondo de una caverna, habló:

—Tu tiempo se acabó —le escuchó decir el anatomista, antes de emitir un estertor, que fue el último.

EL VERTICE

I

En el lugar más encumbrado del macizo promontorio que separa Verona de Trento, sobre la cima del Monte Veldo, un cuervo se posa sobre la carne todavía fresca. Antes de hundir su pico en aquella abundante carroña, huele el olor que más le gusta. Se diría que es aquella la comida más largamente deseada. Pica un ojo y lo sacude hasta sacarlo de su cuenca. Lo aleja un poco y en un momento lo devora. Ahora camina sobre el pecho de aquella carroña y hunde el pico en la herida desde donde, como una estaca, surge un cuchillo. Come hasta saciarse. Antes de elevarse y lanzarse hacia Venecia, antes de volar hacia el Canal Grande desde donde, de un momento a otro, como todas las mañanas, habrá de pasar la barcaza que recoje a los muertos, se posa sobre un dedo de aquella carroña hinchada y picotea hasta desprender el pulpejo. Por primera vez, Leonardino ha comido, sin tener de qué temer, de la mano de su amo.

Mañana habrá de volver por el resto.

INDICE

PROLOGO

PRIMERA PARTE

SEGUNDA PARTE

281

TERCERA PARTE
LOS HECHOS DEL PROCESO

CUARTA PARTE

QUINTA PARTE

SEXTA PARTE

Esta edición
se terminó de imprimir en
Grafinor S.A.
Lamadrid 1576, Villa Ballester,
en el mes de setiembre de 1998.